郁金香书系

足音

章洁思 著

南京师范大学出版社
NANJING NORMAL UNIVERSITY PRESS

图书在版编目(CIP)数据

足音/章洁思著. —南京:南京师范大学出版社,2017.2

(郁金香书系)

ISBN 978-7-5651-3075-5

Ⅰ.①足… Ⅱ.①章… Ⅲ.①散文集－中国－当代 Ⅳ.①I267

中国版本图书馆 CIP 数据核字(2016)第 325673 号

书　　名	足　音
作　　者	章洁思
责任编辑	向　磊
出版发行	南京师范大学出版社
地　　址	江苏省南京市宁海路 122 号(邮编:210097)
电　　话	(025)83598919(传真)　83598412(营销部)
	83598297(邮购部)
网　　址	http://www.njnup.com
电子信箱	nspzbb@163.com
照　　排	南京理工大学资产经营有限公司
印　　刷	江苏凤凰扬州鑫华印刷有限公司
开　　本	850 毫米×1168 毫米　1/32
印　　张	7.875
字　　数	170 千
版　　次	2017 年 2 月第 1 版　2017 年 2 月第 1 次印刷
书　　号	ISBN 978-7-5651-3075-5
定　　价	22.00 元
出 版 人	彭志斌

南京师大版图书若有印装问题请与销售商调换

版权所有　侵犯必究

为了精神家园的不荒芜

陈思和

我认识章洁思女士比较晚，但是我很早就读过巴金写于一九五九年的《哭靳以》。在这篇悼文里，他这样写到了靳以的女儿章洁思："就在太平间里我还听见一个年轻的声音唤着'爸爸'。这个短短的哭声至今还在我的耳边荡漾。我想起来了：你不是完全没有遗憾的。你的最后的思念一定在这个十五岁的女儿身上。你特别钟爱这个聪明的孩子，她也用了整个心灵爱着父亲。她是你的文章的第一个读者，她也是你的病中最大的安慰……我每次在病房里看见你们父女亲密地谈话，我特别感到温暖。但是看见你们两个病人彼此关心，互相安慰，我有时也会痛苦地暗想：万一你有一天撒手而去……现在这个孩子终于失掉了父亲。在医院的大厅上和太平间里她显得相当安静，在家里她却哭得那么伤心。你的纪念在她的心上已经成为神圣的了。谁也想象得到对她是多大的打击！……"

半个多世纪过去了,这个当年十五岁的小姑娘,现在似乎是到了古稀之年。但是巴金这句话仿佛就是预言:对父亲的纪念,成为她一生中最神圣的工作。章洁思女士在退休以后整个身心都在为父亲工作:搜集父亲的书信佚文、整理父亲的日记资料、出版父亲的文集、撰写父亲的传记,甚至为父亲辩诬……只要打开相关的网页查检,章洁思的名字永远与靳以的名字紧紧联系在一起,十五岁的时候还没有来得及把对父亲的爱全部倾吐出来的少女感情,竟耗费了她一生的生命历程,唱出了极其动听的天鹅之歌。

这本就是一曲激越高亢的天鹅之歌。以往,章洁思写传记编文集,还是借助父亲的生平言行来寄托自己哀思,而这里所收的文章,则是她直接倾吐了对父亲的记忆和爱,她对自己的生命历程的记忆,仿佛就停留在十五岁以前的那一幕幕动人片段:复旦大学的教师宿舍、沪江大学的居住地、市中心的几处公寓楼……每一处每一年,留下的全是父亲的生命信息。应该说,这十年左右的光阴,是作家靳以短暂一生中最辉煌的岁月,他从一个普通的大学教师、知名作家和文学编辑,被选中为时代的弄潮儿——主持沪江大学的思想改造、主持上海作家协会的日常工作、主持大型文学期刊《收获》的创办……在这个一面充满革命狂热,另一面又处处埋藏着政治凶险的特殊年代,他被卷入了时代的洪流,又被推到时代的浪尖上。在以往的文学史上,靳以不是一个出生入死的左翼作家,他是一个追求进步的革命同路人,与那些延安来的革命中人相比,他没有很多骄人资本。这就可以想象他被推到时代的风口浪尖上,心里会承受多大的压力。他天真地相信这个时代的许诺,他敞开心胸毫无保留地经受风雨的冲洗,甚至比普通人更多更多地付出自己的心血和健康。我读巴金的悼文才知道,靳以在去世的那一年不仅入了党(这是他近十年的政治上的追求),而且在国庆前的两个月里一连写了十几篇散文来讴歌新政权,这段岁月里他还独肩担起了《收获》的主编重任,还要不断下乡下厂下生活……就是铁打的人也会累垮累倒。更何况,文坛上的风浪已经在他身边发出充满杀机的呼啸:一九五五年胡风冤案爆发,落网者中就有他在复旦的学生冀汸和绿原;一九五七年的反右运动中,他的朋友丁玲、冯雪峰纷纷落马,刚刚在《收获》上发表《来访者》的方纪也已经受到牵连;再到了一九五九年所谓"拔白旗"运动,连巴金也不能幸免岌岌可危了。这一年,靳以连续三次心脏病发作住院,身体已经发出了严重的警告信号,这本该引起他和家人的足够重视,可是在这样一个狂热的时代浪潮中却被轻轻忽略,结果在医院里突然发病而死,仅五十岁。据说靳以从发病到去世,才发生十六分钟,所有的亲朋好友都来不及赶到他的身边。这对于靳以来说,可能是在最辉煌的时日撒手而去,不带走任何阴影;对于朋友来说,不过是一声长叹而止。但是,对于他的至爱亲人,尤其是爱女章洁思来说,却是一辈子的精神痛苦,一辈子难以释放的爱的感情。

这本散文集收入了章洁思的短文三十五篇,但篇幅不大,内容相当集中,主要就是紧紧围绕着对父亲的怀念和回忆,浓得化不开的思念弥撒在字字句句,许多与父亲相关的人和事,都纷纷进入了章洁思的笔下,同辈作家、亲朋好友、学生和读者……洁思不放过有关父亲的任何信息,穷幽极微,力求弘扬,流芳于人世间。在这十多年里,她面对着茫茫宇宙,无声地哭喊着,穿透半个多世纪的时间之海遗忘之江,呼唤父亲的亡灵,为的是精神家园永远荡漾着父亲的笑声,永远是记忆中的春天。这也是章洁思生命中的春天。我结识章洁思大约是在二〇〇三年我被任命主编《上海文学》以后,我与作家协会的交往多了起来,在一些纪念性的会议或者活动时,常常看到她以车代步,艰难地行走,默默地来去。我一直觉得,她在战胜难以想象的残疾与痛苦的独立坚强的人生中,饱和了风霜的暗淡之色。但是,这次阅读《足音》这部散文集却让我眼睛为之一亮,像有一组组春意烂漫的镜头明亮地展示在眼前。作者为我们描绘了一个健康活泼、无忧无虑的小女孩,她在草地上疯跑,在土坡上跳跃、在楼梯上狂奔……真是好啊,读着这些活泼跳动的文字,我感到了心痛,也感到了快慰,心里不断在提醒自己:这就是章洁思本来应该的面貌啊。谁也拉不回历史,谁也回不到童年,但是有力量的文字,把一个生命的春天气息,鲜明地印在了纸上,感动所有阅读的人们。

  我在一篇纪念恩师贾植芳的文章里,曾经提出对古人所说的"三不朽"的新的理解。在我想来,人的生命是可以依托三个层面而存在:第一层是寄植于人的肉体,人活着,生命就存在,人死了,生命也随肉身而消失;但是,生命现象还远不是那么简单。一个人虽然死了,生前认识的,有过交往的、受过其恩泽的人,还有他的爱人、亲属、子女、朋友、后辈,等等,亲疏不论,只要想起,其音容笑貌历历在目,其言论行为依然在激励他人,怎么就能够判断这个人的生命已经不存在了呢?他不是明明活在他人的记忆和思念中吗?这本散文集里多次写到靳以去世后,复旦、沪江、福师等学校的学生始终不忘师恩,年年忌日,都有献花于坟前,问候于亲属。这就是生命依存的第二层面,属于感情、思想的层面。靳以不仅是一个好教师,还是一个了不起的编辑,经他的手被推上文坛的青年无数,很多名作家都曾经受过他的恩惠。我记得有一次读到老作家无名氏的自传文章,这位作家眼高气傲,对很多同代作家都不以为然,可是说到靳以却恭敬有加,因为他的第一次创作就是发表在靳以主编的刊物上,提携之恩不敢忘。所以,谁说靳以于一九五九年就去世了呢?这不过是他的肉身不存在了,在许多人的感情世界里,他依然是活着的。——我再说下去,人事总有代谢,当那些保存生命信息的记忆、思念的拥有者也陆续逝去,疏远的晚辈对死者不再回忆的时候,这个人也许就真正地消亡了,这是生命的再度消失。但还是有例外,那就是有一部分人的生命信息通过某些物质——文字、图像、声音等,通过某种有形或无形的遗产,还是能够继续被保存。那就需要后人有意识地保留资料了。只要先驱者的名字、思想、事迹还在我们的关注之中,他们的生命信息还是会存在于当代,并且发生作用。这就是生命依存的第三层:它是依附于某些物质媒介传递到后世的信息,逝者的生命信息穿越时空,与另一个时空中的生命相逢,就有可能被激活,那是属于精神层面。我们今天还常常在讨论一些千百年前古人的言行和事迹,常常为这些讨论激动不已,正是生命不朽的证明。

于是,在我看来,所谓"三不朽",就生命形态而言:生前建功创业,无非立功;身后被人怀念,才谓立德;而其姓名事迹通过各种物质形式流诸后世,对后世发生影响,那就是立言了。作家靳以在三十年的文学生涯中,创作、编辑、教学都各自留下了丰硕的业绩与成果,英年早逝后被人感恩种种,至今不忘,那是他的生命功德,而章洁思女士今天所做的工作,真是一种立言,为作家靳以整理丰富的文献遗产、传记资料以及回忆文字,无论对于作家、对于读者还是对于后代的人们,都是无量功德。

——这就是我读了这本散文集最想说的话,洁思女士对这项工作充满自觉,称之为"传承",我想这还不仅仅是父女间的生命之火的传递,也是人文传统的薪尽火传,在三不朽的立言传承中,我们不仅看到了靳以先生的不朽的生命存在,也看到了他的传承者所融入的生命力量。这才是真正的活生生的"不朽"。

二〇一五年七月二十七日于鱼焦了斋

自　序

我踩着足音由远而近，一路上，有多少难以忘怀的情结！记忆父亲，记忆我的长辈，记忆我身边的人和事……在某一时刻，我甚至夜不能寐。那些人，那些事，在我脑海里回旋；抑或生命中的某一棵树，某一张椅子，某一栋房子，都让我流连，令我不能自制，于是就有了这本集子的文章。

有幸生长在以文学为生涯的家庭，无论物质条件如何，身边总有书的陪伴。无论是在出生地重庆边上的小镇，还是远在上海的郊区，耳畔总有文化的絮叨。无论至亲至爱的父亲早逝，仍有文坛长辈前来送暖。我感激我的家庭，令我能在其中快乐呼吸；感激那些与父亲有情义的朋友，感激他们的关怀；纵然后者之中不乏许多当今文坛名人，但他们在我眼中永远是普通之人，是父亲的真诚之友，是可亲可爱的长者。

许多都是生活中的平常事，由我记忆下来，让读者了解，洞察他们的人格光辉（包括我的父亲）。这些往事，也能够给予今后研究者们一些感性的资料。

前部分是我对于父亲的回忆,最后还有对于母亲的纪念,那是不可分割的。后部分是我对于父亲文友的回忆,那都是充塞在我胸中的无尽思念。

"足音"的全句应是"足音在记忆中回响",它是美国著名诗人T.S.艾略特在其著作《四个四重奏》中的一句诗。这个"足音",包括我的,包括父亲的,也包括他众多朋友的。虽然他们已经先后不在人世,但他们的足音仍在我的耳畔不时敲打。但愿,真能如诗中所述,进入玫瑰园。

……
足音在记忆中回响
沿着那条我们从未走过的甬道
飘向那重我从未打开的门
进入玫瑰园

最后,我要感谢陈思和先生,为我写了非常翔实的序,对我是个很大的鼓励。我还要感谢《开卷》的董宁文先生,由于他的策划和推动,才赋予这本小小的书的生命。同时感谢南京师范大学出版社,感谢他们的大力支持和辛勤工作,从而促成它问世。

章洁思
二〇一六年春节

目 录

为了精神家园的不荒芜/陈思和 / 1
自　序 / 1

一　辑

回　家 / 3
一九五二年的夏天 / 7
布谷声声 / 14
星水微茫 / 40
靳以的复旦情结 / 48
父亲在复旦大学迁移陪都的日子里 / 53
重庆夏坝的复旦新村 / 58
一块弹片 / 67
与父亲一同看照片
　　——纪念父亲靳以百年诞辰暨辞世五十
　　周年 / 74
远久的记忆 / 81
十一月金黄的梧桐叶片 / 88
《宁死不屈》的回想 / 98
欣见父亲旧作《哈尔滨》/ 104

寻觅父亲的信 / 107
从空气中蒸发的信件 / 130
写在一张纸正反面上的两封信 / 135
写给自己看的日记 / 141
一张旧照片 / 148
足　矣 / 151
长长的流水 / 155

二　辑

读旧信有感 / 169
《狭路冤家》
　　——书的怀想 / 175
拂不去的往事 / 179
李俍民先生 / 184
丁景唐先生与我 / 188
卞之琳先生 / 194
"奉献"
　　——怀念周而复叔叔 / 200
列维坦的画 / 206
女兵的温柔 / 212
"通家之好" / 217
匆　匆 / 222
巴金故居中的那张藤椅 / 227
瞬　间 / 230
铃声与画廊 / 233
寄意父母 / 238

一　辑

回　家
——沪江大学一百零八周年校庆日

今生将不再见你
只为　再见的
已不是你

心中的你已永不再现
再现的　只是此沧桑的
日月和流年
　　　　　——席慕蓉

我站在209号的门前,心中说不出是喜是悲。秋阳是如此灿烂,映照在每一块砖,每一片叶,每一棵草上……熠熠生辉。我绕着房子急匆匆走到后面,看到那扇熟悉的小门,以及门边的两扇小窗。再转过身看,几人合抱的大树荡然无存,但毕竟留下一块空地。仿佛空地上还能放下一张小桌，还能让我们全家坐在小桌旁吃饭，还能给予我回忆的空间。

小门紧紧关着，我的目光却难以离开。一个多甲子的岁月已然滑过，那时的我就是从这扇小门跳出跳进，或是飞奔上学，或是到野地里疯玩。那是我的童年，沐浴在大自然里的童年；那更是我与父亲朝夕相处的温暖的家。

现今的原沪江大学 209 号，原来我们的家

我又回到前门，叩开 209 号，走进我的家。

焕然一新的感觉。从外至内，全都焕然一新。

一进门就注意门口的那架大楼梯，它仍在原位，又粗又大的柱子仍旧坚实地伫立着。我摸着柱子中间那一圈圈的螺旋，想着当年我骑在它上面的模样。

二楼已经面目全非，现在是一个华丽的大会议室，房间都打通了。以前只是两个简单的卧室，卧室门前都有纱门，纱门装着弹簧，一进屋就"啪"地一下关上，门上还有插销。

我不知道自己儿时的记忆力怎会那么细微,但那"啪"的声响似乎一直留在脑海的某个角落。当然,那中间还有许多孩提的故事。屋内是空空荡荡的,只有两张向学校借的简易铁床,排放在一起,我和父母就睡在上面。

由于找不到一丝旧时的痕迹,我只能把目光转向窗户。

四面八方都是窗户,镶嵌着小方块的玻璃。宽宽的窗台,在我的手心底下,依稀感到昔日的温情。于是我透过每一个窗户,捕捉窗外的风景。窗外依然一片碧绿,蓝天、白云、美妙的阳光……

我们是一九五二年的夏天离开沪江的,那时候,形势发生了大的变化,所有的私立教会大学全都解散并校。几年后,我遇见沪江附小的同学×,他是徐中玉先生的儿子,他问我,是否回过沪江,我摇头。他接着又对我说,千万不要回去,因为校园房屋已经面目全非,你再也找不到以往所有美好的印象。我这才恍然大悟,原来不只是我如此领略沪江的美丽,也不只是我对它如此眷恋。然而,九十年代我还是回去过一次,去寻找自己的家209号。在杂乱无章的草地上,我深一脚浅一脚寻找那条熟悉的石板地,然走来走去无果而返。欧式的小楼在眼前横七竖八,分不清原来的眉目,每幢楼的门廊都排满十来个电表。面对如此景象,我只得匆匆离去。

二〇一〇年,由于《文汇读书周报》发表了我的回忆文章《沪江大学209号》,引起沪江大学档案馆的注意,他们找到我的家,送来沪江原始的资料,请我回忆当年的校园,并告知校园内所有的西式小楼都已腾空,正在修缮。

翌年,我将信将疑回到学校,果然见到修缮一新的十几幢小楼。而我家的209号,此刻还未完工。虽然门口垃圾、铁桶、铁铲工具一大堆,但我还是按捺不住兴奋,忙不迭奔到门口,靠着大门伫立良久。那是春寒料峭的三月天,凛冽刺骨的江风穿透我的全身,我的心却十分温暖。

如今,我站在修缮一新的209号门前,悲喜交集。时光流逝,我知道,"心中的你已永不再现/再现的/只是此沧桑的/日月和流年"。那么,墙上的砖块,应该是沧桑的日月和流年的见证吧。我闭上眼,看见父亲的忙碌、困惑,看见他紧皱的眉心,看见他书房的灯久久亮着。

风儿在轻轻地吹,鸟儿飞来又飞去,它们快乐地鸣叫着,仿佛时空仍在原地。我翻开手中那册薄薄的《岁月墨香·一百零八周年校庆特刊》,父亲的墨迹赫然在目:"要有吃苦在先享乐在后的精神,才能更好地为人民服务。书赠一九五一级毕业同学　章靳以　六月六日。"

我欣喜万分。时空已然停住,我又见到了父亲。

写于二○一四年十月

(原载《文汇读书周报》二○一四年十一月七日)

一九五二年的夏天

一九五二年的夏天,我八岁,在如花似锦的沪江大学校园里,享受着我快乐的童年。

我们的家,是在上一年,即一九五一年的二月,随着父亲章靳以的工作调令,搬进这所美丽的校园的。

我们被安排住在正对校门的209号内,房子与校门之间隔着一片很长很宽的大草坪,草坪修剪得非常整齐,四周围着一圈奇花异草。

209号,是一栋很漂亮的欧美式小洋房,外墙的四周点缀着错落有致的爬山虎。厨房的门外,耸立着一株硕大的树,树荫如伞,遮盖着很大一片空间。夏天的日子,我们常在这树荫下,围坐着小木桌吃饭。凉风习习,鸟鸣如乐,好不惬意。

但如此美丽的大自然父亲却无暇顾及。自从调来沪江,虽然只是担任教务长一职,但是上无校长,他又同时兼任学校的工会主席,这对于当惯文人的父亲真是困难重重。他在自传中写道:"人是生疏的,工作也是生疏的。"在给复旦南下学生的信中,他也这样流露:"我是三月调到沪江来工作的,这边同学的思想情况远在复旦之后,因此工作颇繁杂,又因为工作经验缺乏,没有什么一定的成绩,你以后写信来,可寄:上海军工路沪江大学教务处即可。因为工作忙,文章也不大写……"

靳以一家在沪江大学家中(一九五二)

回忆在眼前闪现。门厅边的那间书房,原本应该是父亲最喜爱的写作的地方,然父亲一旦在家,总有川流不息的人在里面谈话。至于外面那间客厅,也经常有许多人聚在一起开会。后来,从徐中玉先生的回忆文章,我才知道原来中文系小组的"思想改造"会议,就在我家进行,一周要有两三次,所以给我留下那么深刻的印象。

时光匆匆。经历了接二连三的运动:"肃反""三反""五反"以及思想改造,经历了大会小会报告会……日历已经翻到一九五二年的七月三十一日。

这本红色硬纸封面,题着两个金字"学习"的小笔记本,是一九五二年的春节父亲送我的礼物,扉页上留着我幼稚的笔迹:"章洁思 是爸爸过年送给我的。"这两行用父亲那支咖啡色派克笔写下的红墨水字,喜气洋洋记下了我孩提过年的快乐,以及得到小笔记本的欣喜。这支笔是父亲常用的,很老式的一种,我见到时笔尖已经换过,分上下两半,但书写起来很滑畅。

记得过不多久,因为看到父亲急着要用小本子记事(他的上衣口袋里,永远揣着小记事本),手边又一时没有(那时,这样的本子并不普遍,在沪江这个"穷乡僻壤"的地方,更无处可觅),我就主动"捐献"了出来。现在,看本子里从头至尾都是父亲密密麻麻的蝇头小字,记载着他生活工作中的许多大事小事,读里面的内容,心中感慨万分。

刚翻开几页,就见"院系调整问题 七月三十一日教部"的标题,以下连着七页,都记着在教育部开会的有关事项。前三页是教育部不知哪位大领导的发言,列举过去大学的七大罪状,称调整并校为"高教中的革命",并言明"私立学校全部没有了"。后四页是时任教育部高教处副处长的曹未风的谈话,具体安排各校各系的合并去向,那些私立院校,沪江、震旦、圣约翰等等都在合并之列。又翻过去大半本,已经是很具体的人员分工和日期安排了。再隔好多页,点滴记载着一点家事:搬家、改地址、买杂志,以及我的转学事项,这些内容与父亲的赴朝准备穿插写在一起。这些字上面大多有划痕,这是父亲一贯的习惯。每次,他都会把要做的事一一列出,完成后就一一划去,包括平时外出开会要带的物品,他都会这样列出清单。

父亲是一九五二年十月六日下午四时半到达朝鲜的

(据父亲日记所记)。九月下旬,他已经离开上海与第二届赴朝慰问团华东分团的同行会合,开始赴朝的准备工作。而九月中旬,他还在沪江大学主持那里的并校收尾工作。

靳以在沪江大学寓所书房工作(一九五一)

后来听说,院系调整基本在九月中旬完成。而在父亲的笔记中也读到十日,二十日(必须)办完的字样。又在单独的一页上,记载着以下几项:"结束工作, 教务处工作 十二日上午八时,校委会工作 十一日下午四时半,工会工作 一切资料交陆□风 十二日"虽然没有标出月份,但推算也应是在九月。那么,自七月三十一日父亲到教育部开会听到布置,直到九月中旬完成任务,时间仅约一个半月,何等匆匆啊!

笔记本的最后几页,我又见匆匆几笔:"搬家问题 一个搬复旦 与胡接洽房屋 肃琼(笔者注:母亲)工作;与郭

谈课程问题　与黄□□谈小学问题　小南南(笔者注:我的小名)阜春(笔者注:小学名)?"

这些就是家里的事,同样匆匆。记得从沪江大学搬到复旦大学徐汇村(第二宿舍)时,父亲早已离沪。我只记得母亲面对摊放一地的父亲最钟爱的书籍手足无措,最后找来工人,做了许多像小楼梯似的木架,中间横放一块块搁板,总算把书整整齐齐一直排放到天花板,全部安置妥帖。

家具本就寥寥。我们住的沪江大学209号,房屋内有现成的大饭桌,是连在地板上的。睡觉的几张铁床也是向学校借的。空空荡荡的客厅,则从外婆家搬来几只沙发充数,所以,父亲在笔记本上有条理地写了几句:"搬回蒲石路(外婆家,即今天的长乐路)的:沙发一对,马家(即马宗融)沙发三只,沙滤缸,西装,大炉,烟囱,破玻璃,无线电,大椅子。"除了书,写字台,这大概就是家中有限的家当了。

生活如此简陋,但我从没有意识,我一直感到生活非常幸福。只是在离开沪江,作别美丽的校园时,心中十分依依不舍。我站在校门口,眺望如花似锦的校园。家门口那株铺天盖地的大树,至今驻留在我心中。还有那些按照欧美格局建造的风格迥异的房屋、校舍、礼堂,让我在六七岁时,就领略了欧美教会大学的迷人魅力。

许多中文系即将毕业的沪江学生,后来在复旦大学宿舍区外的小路上常能碰见。他们不久便各奔工作岗位,携着复旦大学的毕业证书。

这里,犹想提一笔的是我的小姨夫,他曾是沪江大学会计系的系主任。解放前,他勤学苦读,终于在自己的母校沪江大学考取公费赴美留学。新中国成立,怀着报效祖国之心,他从海外归国,回到母校。姨夫与小姨于五一、五二年间结婚,婚房就安置在校门口沪江大学附属小学的旁边,那里有一排校方为年轻教师建造的小巧平房。姨夫的小家庭生活犹如那些小巧的房屋,惬意又温馨。但一九五二年院系调整时,小姨夫调配到东北长春,去了吉林财经学院任教。当时是服从分配,去得坦然。这是那个时代一般人的态度。

但今天回想,尤其读到父亲笔记,颇有不解。在父亲的记载中,只有上海与华东地区的校系调配,最远也是南方的厦门大学,没有见到东北的院校。而最近了解到当年有前往沈阳农大的师生,也是该校特意来沪要求的。

我的小姨夫陈嘉鎏,新婚不久只身前往东北,此后一生厄运笼罩。他在长春时据说是时常怀疑有人在他身后盯梢,终究精神不堪重负而多次自杀未成,最终被送进了精神病院。

后来得知,这个"盯梢"所说并非他自身"怀疑",而是真有其事。那时他搭乘挪威轮船,一心回国报效,轮船途经韩国、香港,正值朝鲜战争如火如荼。他不会想到自己这一曲折回程,而导致踏上祖国土地就被公安部门立案侦查。

在沪江大学,他有过一段短暂而平静的日子,还结了婚成了家。但在院系调整的滚滚大潮中,他被遣往东北,命运急转直下。等到再见他回沪(治病),他已完全判若两人。望着他呆滞的神情、躲闪的目光,我深信其中又隐含着多少不为人知的痛苦经历与恐惧。

小姨一家是悲苦的。"文革"初期,小姨夫就被打入劳改反省队,挂上"臭权威""潜伏特务"的牌子被揪斗,在长期的人格侮辱和精神折磨总爆发时,他终因不堪忍受而含冤自杀身亡。此后随着动乱深入,小姨所住的上海外婆家也被掘地三尺,小姨最后不堪凌辱愤而告别人世。年迈的外婆带着我的两个表弟妹苦苦煎熬，艰难度日。那个曾经傍在沪江大学附属小学边上，终日听着孩子们欢笑的温馨小家，仿佛是这个世界上一现的昙花。

我想，父亲当年也一定不会预料小姨夫的命运会如此结果，不会想到在调整院校的过程中会有如此复杂的政治因素包含其中。作为校领导的父亲，不会为自己的亲戚考虑一个好的去向。作为父亲的亲戚，小姨或小姨夫压根也不会向父亲提出任何照顾要求。因为他们在那个时代，是那个时代的人。而在这个全国性的大专院校调整大潮中，私立的教会的学校被雷厉风行终结成"全部没有了"，大批师生都服从分配，离开本校，离开上海，不出一句怨言。这也正是那个时代，那个时代的人才能做到的。

翻开父亲的相册，沪江岁月的照片静静安插其中。我看见薄暮中父亲独自坐在写字台前，神色凝重。我看见大礼堂内正在开会，学生簇拥。礼堂原是教堂，尖尖的窗户下拉着一条醒目的标语，虽然前面几个字被遮盖不见，但内容还是一目了然："……祖国的光荣传统到祖国最需要的岗位上去"，学生在振臂，在高呼口号，那前呼后拥的声浪仿佛透过泛黄的照片振动着我的耳鼓。

……

六十年了，整整六十年！我凝视着这本小小的红皮笔记，硬壳的封面已因年久而显不规则的裂纹，然上面的金字"学习"依然耀眼。小笔记封面的红色，在我眼里逐渐放大，放大，愈发鲜艳。

二〇一二年十一月二日完稿

（原载《文汇读书周报》二〇一二年十一月十六日）

布谷声声

"布谷鸟,我还能活多长时间?"

这是苏联时代人们的一种习惯问话。战争时期,俄罗斯的士兵把芬兰的狙击手称为"布谷鸟",因为狙击手决定生命的时间,故有此问。

当我读到这段话时,我的心灵,忽然感到颤动。因为,我从来没有把布谷鸟和生命的时间联在一起。而布谷鸟的啼声,对于我是那么地熟悉,它从我的童年,就已闯入我的生活。

一

那是我七岁的天空。天天拂晓,布谷鸟的啼鸣,把我从梦中唤醒。

怀着满心的欢喜,无忧无虑的我,开始了幸福的每一天。

我疯跑在校园的每一个角落,爬到江边高高的堡垒上眺望白帆,在盛开的金银花架下吮吸香甜的花蜜,在骄阳似火的午后捉知了捉苍蝇……我是那样地忙碌,仿佛要把一生的快乐都在这个时刻释放!

只在中午极短的时间见到父亲。有时,天气太热,父亲可以躺下小憩一会儿,这时,他会让我躺在他的身边,用他的大手轻轻覆在我的眼上,一边说:"睡吧,跟爸爸一起睡会儿吧!"可,心像脱缰野马的我,一听父亲发出鼾声,立即蹑手蹑脚起身,拿着早就准备好的竹竿飞奔而出。

我毕竟年幼,只知沉醉在大自然的馈赠之中,全然不知父亲从他供职多年的复旦大学,奉调来到这个陌生的学校,工作有多难,压力有多重,责任有多大。

那一摞摞笔记本,那密密麻麻的蝇头小字,见证着当年工作的辛劳及忧心。

那一张张陈旧发黄的照片,定格着当年的活动及奔忙。

靳以(中)行走在上海大学教师抗美援朝保家卫国游行行列中

布谷声声　15

曾经有朋友指着那张父亲执旗领头走在游行队伍前的照片对我说："多么有意思的照片，太有意思了！"他目不转睛地看了又看，仿佛想看到当时的实景。

照片上横幅的大字是：上海市大学教师抗美援朝保家卫国大示威。游行队伍的背景是外滩的高楼。

其实，那天晚上的情景在我脑海中清晰如昨。因为，我实在忘不了学校扩音喇叭的呼叫。那些装在校园四处的喇叭，在不断呼叫着指挥队伍，在不断呼叫着父亲："章教务长！"它连续不断送来父亲的方位，他的活动。窗外夜幕匝地，我独自躺在偌大的屋子里。我是个胆小的孩子，但因为有这个扩音喇叭，它陪伴着我，抚慰着我胆小的心。就这样，在喇叭大声呼叫的"摇篮曲"中，我逐渐进入梦乡。

而父亲，带领着队伍，从位于杨树浦的学校，举旗步行到市区到外滩，去参加全市的游行。

第二天清早，我没有看到父亲疲惫的脸色，也没有听到父亲说一句累。虽然，他体内自十七岁就潜伏着风湿性心脏病的隐患；虽然，他平日不能参加体育活动也不能骑自行车，但他依然如常早起，忙碌在日常工作中。

回想起来，这样的集会、游行，在那时十分频繁。相册中这样的照片有好几张：不同的地域，不同的场景，不同的人；而相同的，总有父亲，总是父亲领头走在前。

接二连三的运动。

肃反、三反五反、思想改造……

就连我童稚的心，也留有深深的印象。

比如，我家后门有一棵很大的树，一天早起，见树上挂着一幅很大的白布，布上画着一只大老虎。这是个最佳视点,因为,我家的房前是一块大草坪,草坪正对着校门,每个一跨进校门的人,就能清楚地看到这幅大老虎的宣传画。

从小学老师教唱的歌,依稀知道打老虎就是打贪污分子。但什么是"贪污分子",七岁的头脑是搞不清的。

还有一回,父亲托人从城里买来几瓶鲜酱油,让我送去给住在校医院的许××大姐姐,据说,她为了和资本家的父亲划清界线,挨了打。那时候全校都在宣传她。

至于家中父亲的书房,每晚总是客人不绝,有学生,有助教,有教授。他们在这里开会、学习、讨论、谈心。当年与父亲共事的徐中玉叔叔,也曾在文章中谈及在我家开会的事。而从父亲留下的笔记本中,那些详细的记录,可以窥见当时肃穆的气氛。

靳以(右)与助教,沪江家门口(一九五二年)

校大礼堂开会的照片也见有好几张。父亲在讲台上说话,学生们热烈的表情(那个时代的定格)……哦,记起来了,有一回,我还代表小学生到大礼堂向父亲献过花,不知是为了什么,怎么也记不起来了。

……

怪不得,在那样美丽的校园,在大自然如此环抱的地方,父亲一次也没有带我闲逛过,更不用说在草地上滚一滚,饱尝蓝天阳光的欢乐。而父亲,原本是那么喜爱自然的。

他无法放松,真是难为他了。因为父亲是一介书生。他只是一名教授,他只会埋头写作,但如今,让他又是担任没有校长的教务长,又是兼任校工会主席,如此行政事务沉沉压在肩上,他怎么不难!

那是教育部的安排。

父亲的好朋友,时任高教局局长的曹未风伯伯常常从城里跑来看他。我想,他的造访,对父亲一定是很大的安慰和支持。

那时候,父亲的眉头总是轻轻锁着。今天,我去把扫描印好的照片取回来,才从照片上看出来。我看到当年我们的家,熟悉的砖墙,熟悉的纱门,还有在阳光照耀下鲜明的斜砖地,墙上的爬山虎……父亲与两名助教坐在家门口的台阶上,父亲的衣着很随便,裤脚大大的;脚上,是他一直穿着的圆口布鞋。

他有些疲惫,但他在坚持。

前不久,我读到他那时写给一位复旦南下学生的信,信里简述了自己的概况后,又写道:"……《小说》原来是我编,它原来是在香港出版的。最近要停刊了,为的统一领导,集中打理。等我拣出几本另行为你寄去。"

原来,父亲在这样的"繁杂工作"之中,还腾出手来主编

《小说》月刊。我找出这本刊物,见父亲在一九五一年一月二十日出版的第五、六期合刊上,写有《编者的话》:

> 解放以后,因为原来主持编务的各位同志分处各地,就是在上海的几位编委,工作也非常繁重,因此我就担任了比较重的编辑责任。而我自己,并不能把所有的力量和时间花费在编委上,我的主要工作岗位是在大学,我至多不过用四分之一的力量与时间来主持编务。此外只有一位同志帮助我审阅初稿,安排印刷,处理杂务。他也只有一半的时间放在这上面,另外的一半照顾另一个文艺刊物。编这样的一个刊物,只有四分之三的一个人来主持,自然它不能有什么像样的成绩。
>
> ……
>
> 这是最后的一本了,因为是五、六期合刊,所以篇幅加倍,因而能容纳较长的作品。在这中间,我推荐"无坚不克"、"为幸福而斗争"和"战友"。尤其是最后一篇,它是两位朝鲜同志合作的,感人的力量很强,尤其能更深刻地认识中朝弟兄的爱和同志间的爱。

布谷声声,父亲也一定听到。啊,多么美妙的啼鸣,它从远方穿越天空田野来到我们耳畔,带来新的一天。我想,父亲并不知道我读到的有关布谷鸟的这个故事;但他若知道,也绝不会向布谷鸟发问,因为他从来不考虑自己生命的时间,性格使然。

二

北平三座门大街 14 号,这是个令我魂牵梦系的地方。

上世纪九十年代初,趁到北京旅游的机会,我住在北海附近南长街的亲戚家。因为魂牵梦系,所以,就早早晚晚在北海四周转悠,寻找三座门大街,寻找它的 14 号。

九十年代的三座门大街 14 号

解放后,三座门大街已经取消,三座门的牌楼也早已拆去;所以,就是站在三座门大街的原址上,问到的回答也总是摇头。

但是,最终我还是找到了。它的门牌已经变更为"景山前街 25 号"。这是一个浅浅的胡同,胡同中也只有三扇门:左中右。原来的 14 号是中间的那一扇。

我伫立门前,良久不忍敲门。我不知道门开处我会看见什么,会看见年轻的父亲伏案疾书吗,会看见他与巴金曾经隔桌相坐的那张大书桌吗,会看见父亲与朋友们精心培植的花木吗;还有,会听见卞之琳叔叔捧着他那架手摇留声机给大家欣赏唱片吗?

当然不会。

如果时空推前七十多年,这番情景就在眼前。

但是屋子和院子变化不很大(这是从卞叔叔的文章中得知的)。这里曾经是"章宅",年轻的父亲租下它的前院,怀着满腔抱负,彻底与大学所读商科专业决裂,跨出了文学生涯的第一步。

那是一九三三年。父亲二十四岁。

父亲来到北平,是应立达书店之邀,创办一份大型文学期刊。

但之前,他从未有过办刊经验,更别说大型文学期刊。虽说此时父亲已经具备五年的写作经历,他已经在《语丝》《小说月报》《现代》《新月》等杂志上发表了二十多篇作品(多为短篇小说),并且,他的成名作短篇《圣型》,也已在读者群中造成影响。但父亲自知年轻,缺乏经验,于是他跑去燕京大学,请来年长并富有经验的郑振铎先生,与他共同担任主编。

经过几个月的热心筹备,经过有经验的郑伯伯合力支持及指点,大型文学期刊《文学季刊》,于翌年一月一日正式创刊。

父亲的起步很顺利,除了请来郑振铎为己助阵,共同担任主编外,他还组成一个阵容强大的五人编委会:巴金、冰心、李健吾、李长之、杨丙辰。此外,还列出一百零八名"特约撰稿人",都是当时有名的作家。

《文学季刊》栏目有六栏：创作小说、诗、散文、剧本、文学评论、文学研究。创刊号厚达三百六十多页，初版一万本，后又再版多次。

《文学季刊》创刊号（一九三四）

对于雄心勃勃的父亲，创办这份杂志对他来说真是极好的实践与锻炼。因为，从一开始起，就说定所有具体工作均由父亲一人承担。所以，父亲在三座门这所小院里，愉快地起步于他切切实实的文学创业。三座门大街14号，也同时成了《文学季刊》的编辑部。不久，因该刊编得顺手，他又与卞之琳等人在此创办了纯文学小刊物《水星》月刊，编委会由郑振铎、巴金、沈从文、李健吾、靳以、卞之琳六人组成。后来，由于人员流动，就由父亲一人驻守小院，挑起两刊一个编辑部的重任。

当时的情景，沈从文先生在《悼靳以》一文中，有如此回忆：

靳以和巴金、西谛同编《文学季刊》，实际上组稿阅稿和出版发行方面办交涉，负具体责任的多是靳以。刊物能继续下去，按期出版，分布到全国读者面前，真不是简单工作！因为那么厚厚的一本文学杂志，单是看稿、改稿、编排、校对，工作量就相当沉重！靳以作来倒仿佛凡事成竹在胸，游刃有余，远客来时，还能陪上公园喝喝茶，过小馆子吃个便饭，再听听刘宝全大鼓。曹禺最早几个剧本，就是先在《文学季刊》发表，后来才单独印行的。当时一些年轻作家，特别是一部分左翼作家，不少作品是通过这个刊物和全国读者见面的。靳以那时还极年轻，为人特别坦率，重友情，是非爱憎分明，既反映到他个人充满青春活力的作品中，也同时反映到他编辑刊物团结作家的工作里。

二十四岁的父亲，在北平的办刊实践中，成就了极好的开端，积累了宝贵的经验。此后，在转辗上海、内地，接连不断的办刊中，他对刊物愈发钟情，并对"实干家"的地位乐此不疲。

一九三六年他来到上海，在赵家璧先生的策划下，于良友图书公司旗下，与巴金共同编辑又一份大型文学刊物《文季月刊》。

父亲与巴金，他俩在北平，通过三座门的朝夕相处，已因共同理想抱负结下深厚友情。此时合作办刊，正是两人所望。

来到上海的父亲，已经在赵伯伯的安排下，与其同坐在北四川路良友图书公司楼上一个小小的房间，忙碌于刊物的筹备及具体工作。如同郑振铎合作一样，"巴金表示他仅可挂名,将来实际工作完全由靳以担任,他不管编务,靳以也不表异议"(赵家璧:《和靳以在一起的日子》)。

这对父亲,是进一步实践的锻炼。他已经成熟多了。

一九三六年六月,厚达三百六十四页的《文季月刊》创刊号于面世,封面上端,醒目地用二号黑体大字印着"巴金靳以合编"的字样。这样的编排,是赵家璧先生从欧美日本著名严肃的纯文艺刊物借鉴而来,颇具特色。

此后,父亲不停地写作,不停地编刊。他编辑《文丛》月刊,后因战火蔓延,又编战时小刊物《烽火》。继而他去到内地重庆,一边走上讲坛,在复旦执教;一边应重庆《国民公报》之邀,创办该报副刊《文群》。

虽然只是一份报纸的副刊,虽然版面很小,每期只能容纳四千字,每周出版三期;但,由于预先说好稿件可完全由父亲自主,但不拿编辑费;因此,父亲可以放开手去,倾力培植这块战时的文化园地。在它的版面上,曾经刊载过许多著名作家的作品,如巴金、艾芜、曹靖华、胡风、艾青、臧克家、陈荒煤、萧红等,也曾留下许多后来成名作家的处女作,如绿原、曾卓等人。尤其在父亲遭到复旦大学伪教育部解聘,不得不远走福建,居于偏僻的小山村之际,他仍然无视崇山峻岭的阻隔,坚持延续《文群》的生命。

《文群》,历时四年有余,共出版五百多期。在战时的陪都,它犹如沙漠中一块美丽的绿洲,给予读者文化的渴求及精神的希冀。

在父亲流徙福建时,他一边执教福建师专,一边还为改进出版社编辑《现代文艺》。《现代文艺》被迫停刊后,他又萌生创刊一份大型文艺刊物的心愿。

一九四三年四月二十八日出版的《国民公报·文群》副刊上,一则"靳以启事",表达了父亲的这个心愿:

> 前来福建,想主持一个大型的文艺刊物,定名为《文艺》,利用闽省特产改良纸,和一切优美的印刷条件,使它具有一个美好的形式。至于内容方面,保持《文季》、《文丛》的作风,集全国作家的精力,从不同的角度反映当前的现实,每期至少二十万字,创刊号七月一日出版。

文后,还预告了创刊号的内容:巴金的《火》(第三部)、曹禺的《三人行》、父亲的长篇《前夕》(第三部),和《我怎样写〈前夕〉的》等主要篇目。

父亲已经作好筹备,他在努力实现心愿。

但是,《文艺》最终未能面世。父亲曾多次与当地书店商谈,却未能谈妥;加之无法拿到当局批发的刊物出版登记证,只能无可奈何作罢。

那些筹备组来的稿件,后来部分被父亲编成一套两集的"文艺丛刊"(《奴隶的花果》及《最初的蜜》),由"文艺社"出版。

抗战胜利,父亲回到上海,继续在复旦执教,继续他的小说散文创作。同时,他曾接手编辑《大公报》副刊《星期文艺》、《中国作家》、《小说》月刊等,直至建国后的第一本大型文学期刊《收获》。

父亲去世后,在整理父亲遗物之时,偶然发现他有一个精致的印章盒,盒内装有两方崭新的印章,均为钱君匋先生所刻。一方是:文群出版社,边款为"君匋作";另一方是父亲的名字:靳以,边款为"靳以兄正刻 君匋"。两方印章一个款式,崭新如初,好像从未使用过,估计是在四十年代中期父亲请钱君匋先生所刻。

我把印章翻转过来,望着"文群出版社"这五个纤细优美的字,情不自禁浮想联翩……

父亲在《文群四百期》中的话语不由涌上耳畔:

> 当着这个小小的刊物积到了四百期的时候,那个苦心的编者却远在千万里外的一个省份里,它并没有因他的远离就遽然夭折,不顾遥远的路程,山川的阻隔,他总算尽了他的力及时地使他和读者诸君相见,即使在奔波的旅途中,每当停下脚来,喘一口气拂去两肩的征尘,便记起了它,疲倦的眼睛对着疲倦的灯,也强熬着把它打点好,再由车船的运载,使它和那些愈离愈远的读者们依时会面,因为他相信,读者诸君不会忘记它,它也不会忘记读者。

这就是《文群》,一份小小的刊物,沉淀在父亲心中的钟情。

正因办刊过程的艰难,加深了这份钟情。

正是这份钟情,令父亲产生新的心愿……

无论心愿能否实现,却始终是父亲一份美好的追求。

艰苦的年代,艰苦的地域,艰苦的环境;然永远不变的,是一如既往的不懈投入,以及已深深注入心中,那份割舍不掉的文情。

三

最近,在整理父亲的笔记本。

他的笔记本真多。

那种像练习本大小的都是他的备课笔记,足有七八册之多,按内容不同分册。还有一些硬封面的小笔记本,颜色各式不一,记录着会议、报告的传达等;而最不一般的,也最显眼的,要数那些插在半只信封套里的一沓沓活页纸。这些纸张有的散放在封套内,但大多用回形针别起;厚一些的,就用鞋带穿孔扎起。望着眼前如此多的信封套,随便拿起一沓,便可读到父亲在信封上简单注明的几个字,内容便在其中。

父亲的笔记本

分门别类得非常整齐,也非常细致。

这些活页纸上留下的,是最贴近父亲的记录。

我记得父亲日常穿的中山装衣袋很大,他习惯在衣袋里揣上一本咖啡色粗糙猪皮封面的活页本。这本子已经用得很旧了,现在推算起来,一定是他为了赴朝给自己准备的。因为信封套内最早的文字,便是父亲的赴朝日记,从一九五二年十月六日下午四时半出国,来到新义州,一直记到翌年一月二十五日巡回传达归来,几乎每天不漏。后来,这个本子跟着父亲走遍天南海北,跟随他采访、体验生活,出访苏联。读其中文字,多少能了解父亲生命最后几年的一些活动,以及感受父亲当时的喜怒哀乐。

我很感动。我没有想到,平时生活中大大咧咧的父亲,在对待他的事业上,会如此有条理。

父亲在世时,下雨天后,他总会忘了把卷起的裤腿放下来,或只放下一个,就匆匆外出。我经常忍不住提醒他。还有,他兴高采烈给自己的书桌买了块玻璃台板,下面放着他喜欢的画片,也插一些他备忘的小纸片。时间久了,插进去的纸片多了,台板下的画片移动了,他也想不到去整理……这样随随便便、不修边幅的事,可以举出许多。但今天回想起来,他那些书籍、杂志,虽然比比皆是,但他都一找就能找到。而他的书桌,也永远整整齐齐,从不堆积如山,杂乱无章。还有每天收到的无数来信,包括机关的通讯员一天也要送信好几次,但他都收拢得有条不紊。他有两个信插,他曾告诉我说,一个插未复的信,另一个插已复的信。收到的信件,他不会推延许久才作回复,他总是花费一整段时间集中回信。我坐在书桌的另一边,一面读书,一面望着他认真做这些事,免不了潜移默化。但,至今都不能做得像他那么好。

自一九五三年初我们跟随父亲告别郊区大学校园的生活,父亲正式来到市内,来到华东文联工作。他最初在创作研究部工作,后又兼代秘书长。同年底,华东作家协会成立,父亲担任协会常驻副主席。不久华东作协改为中国作协上海分会,父亲仍任常驻副主席。他在上海作协一直工作到离世。

眼前,这些信封套里的文字,无声讲述着他这些年的忙碌:会议、运动、采访、日记、自我改造、体验生活、创作设想、工作计划……如此繁多,看得我眼花缭乱。

忙碌,是充实的表现。但我也读到,兴高采烈的父亲,忙碌于他醉心的文学事业,却由于客观的运动,以及外界种种纷扰,而时常感到困惑,无所适从。

复旦学生程极民,与父亲关系十分密切。解放前夕,他就读于复旦新闻系,并任复旦学生自治会主席。那时候,我们在庐山村的家,经常由父亲提供给他,让他召集地下党开会。程极民先生后来见到我时,曾不止一次问我,父亲是否留下长篇手稿,内容关于大学知识分子的。我对他摇头,而他似乎不信。因为,他告诉我,父亲不仅有这个写作计划,他还曾很详细地与程讲述并讨论过其中的章节内容。那是在解放初期,程极民在陕西南路的团市委工作,离巨鹿路的上海作协和长乐路我家的居所都非常近,所以他经常晚上跑来与父亲见面谈心。

我相信程极民的话。十几年的大学执教经历,又逢上不平静的战火烽烟,父亲以所见、所闻、所感;一定积累了许许多多写作素材。但他没有留下手稿,更不见片言只语。我不知是为什么。

有一件事倒是有印象,那就是《人世百图》中那篇《熊的故事》。

《人世百图》,是父亲抗战时的一本杂文集。当时,父亲为了躲避"检查先生"的红笔"东勾西抹",故刻意改变笔法,创造新的笔名,写就一篇篇短小杂文。《熊的故事》,亦是其中一篇,旨在揭露那群靠吸吮人民鲜血而养肥自己的丑类其伪善面目。文中,父亲有这样的字句:"在黑龙江北部一座森林里,盘踞了一族熊群。它们沿用它们祖先的方法,来残害人类。"没想到,这一段话,后被无端指责为"影射苏联"。父亲或许实在感到委屈,莫名其妙,他忍不住对母亲诉说了此事,记得那是一九五三到五四年间吧。我在一旁听到片言只语,虽然那时我尚年幼,但却记忆尤深,因为开朗的父亲,在那些日子,比以往沉默。

今天,翻出一九五三年平明出版社出版的《靳以散文小说集》,及一九五五年人民文学出版社出版的《过去的脚印》,在这两部作品结集中,我注意到,所选《人世百图》的篇目中,都不见《熊的故事》。而且我知道,这两部作品,都是父亲亲自编选的。

前不久,一个偶然的机会,我读到一篇怀念父亲的文章。文章的题目是《不为护己专利他》,副标题为"怀念真诚的靳以先生"。作者我不认识,但从文中,得知他是上海作协最早几份刊物的编辑。一九五七年"反右"时,他曾被以莫须有的罪名贬去劳动教养,整整二十三年。

我要说的是,我不仅在这篇怀念文章中读到他对父亲真情、真诚、发自内心、充满感激的怀念;我还从他的叙述中,了解到父亲,当时作为上海作协领导,他的工作情况,他所经历的运动,以及那些干扰;从而看到父亲那一如既往的正直,敢于说话,敢于坚持正义的品格。

父亲曾在会上公然拒绝宣布文章作者莫须有罪名,还说了许多坚持正义的话;这在当事人的心中,留下难以磨灭的印象。虽然时光已然流逝半个世纪,虽然此文作者已在大洋彼岸安度晚年,但他的怀念,依然浓烈;他的记忆,依然真切。

我很感动。

他为父亲写的那几句诗,萦绕着父亲的面影,勾起我无尽的怀念:

> 不为护己专利他,寸步不让虎狼蛇。
> 少时不识腹蛇毒,甘愿恭奉作龙虾!

四

手边的两沓封套,一只上面写着:"《收获》发刊事";另一只写着:"访苏日记"。日记很厚,开头部分记录着父亲访苏前在北京十天的活动。

那是一九五六年,正是筹办《收获》的日子。

父亲是怎样兴奋啊,字里行间,都能感受到他的欢快、他的奔忙。冰心先生在悼念父亲的文章中有一段形象的描述:

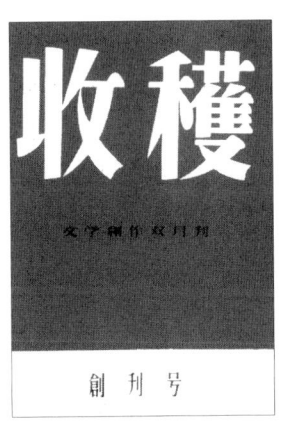

《收获》创刊号(一九五七)

一个冬天的早晨,一辆汽车飞也似地开到我的门口,你,一阵旋风似地卷上了楼,身上穿着一件簇新的皮大衣。我笑说:"好呀,这皮大衣给我带来了一屋子的热气!"你也笑了说:"我要到苏联去了,这是行装的一部分——告诉你,我们要办一个新文学刊物了,名字就叫《收获》,你对这名字有意见没有?你可要给这刊物写文章呵,我就是为这个来的。"

父亲的兴奋是想当然的。因为,这是父亲一直以来的心愿。如今,有了实现心愿的机会,他怎么能不兴奋!

解放后,频繁的人事调动、繁忙的行政工作、加之大大小小的运动,令父亲无暇顾及自己的心愿。此时,在"双百方针"的春风吹拂下,中国作协的几位领导,因为他们之前也是父亲所编刊物的热心撰稿人,就想借这股春风,让父亲创办一个大型纯创作文学刊物。

父亲胸中,对刊物的热情又燃烧起来。他又为刊物取好了名字《收获》,又开始热心筹备起来。在率中国作家代表团访苏的前十天,他在北京,足迹遍布他的许多文坛老友。一页页的日记,记录着他的活动:

十一月九日

……上午送罗苏去南斯拉夫。归途访其芳,冰心,对刊物都有兴趣。

冰心提,何不就叫《创作》。

十一月十一日

下午到作协,与艾芜、天翼、罗烽、白朗、文井谈。

十一月十二日

下午去周扬处谈到苏联问题,又谈刊物问题,大致谈妥。

与茅公谈小说,他也同意了。

又到人民文学出版社,与楼适夷、任叔都谈到刊物问题,他们也都很兴奋。

十一月十三日

去看雪峰不在,又与艾青谈,他也愿意担任编委并写稿。

……

而在那沓"《收获》发刊事"里,随便翻开一页,蝇头小字密密麻麻:

艾芜 百炼成钢 二十万

赵树理：小说　　　　　　冯至： 组诗

雪峰： 寓言，鲁迅传　柯灵： 不夜城

夏衍： 剧本　　　　　　方纪： 散文

天翼： 剧本或中篇

杨朔： 小说　　　　　　冰心:短文 四月内

老舍： 剧本 四万

周立波:小说,几月后可以写完

田间:长诗

雷加:长篇

严辰:组诗　　　　　　菡子:一组散文

戈壁舟:长诗

振铎:小说

康濯:水滴石穿　　五月十五

艾青:长诗　　　　五月十五

……

再翻过一页,底部的两行字跳入眼帘:

丛书一九五八年出。

巴金主张,打出纯创作刊物。

翻转到笔记的最后一页:

丛书问题

① 人文出收获文丛,大约是□文丛书开本,每年十二册,一般在二十多万字以上。

艾芜　百炼成钢

平装,　精装二种　二十八开

② 青年出版□□文学丛书

每年十二册,字数在二十万以下。

当然有关青年更好些。

六本一次登广告。小说,诗歌,剧本

沙汀,菡子,康濯

纸面,布脊一种　　三十二开

……

唉,一介文人的父亲,天真而不懂政治,只知以文学为自己毕生追求,以纯真之心为新中国添砖加瓦……

对于《收获》创刊,巴金先生有一段详细回忆:

> 《收获》当时是中国作协的刊物,作协书记处委托靳以办的。作协的几位负责同志过去都是靳以主编的刊物的撰稿人。有一次大家在一起谈到靳以从前编辑的大型刊物,为了体现"双百"方针,有人建议让他创办一份纯创作的大型刊物,靳以也想试一试,连刊物的名字也想好了。我没有发表意见,说真话,各种各样的大会小会几乎把我的精力消耗光了,我只盼望多放几天假,让我好好休息。因此我没有参加《收获》的筹备工作。靳以对我谈起一些有关的事情,我也只是点点头,讲不出什么。我答应做一个编委。连我在内,编委一共十三人。我说:"编委就起点顾问的作用吧,用不着多开编委会。"《收获》的编委会果然开得少。刊物在北京印刷发行,因为靳以不愿把家搬到北京,编辑部便设在上海,由靳以主持。大约在创刊前三四个月,有天晚上靳以在我家聊天,快要离开的时候,他忽然严肃地说:"还是你跟我合编吧,象以前那样。"就只有这么一句,我回答了一个字:"好"。一九三六年他到上海编辑《文季月刊》,就用了我们合编的名义。我们彼此信任。
> (《〈收获〉创刊三十周年》)

《收获》,于一九五七年七月二十四日创刊问世,这是新中国成立以后的第一本大型文学期刊。

对于父亲来说,他仿佛迎来了又一个孩子的诞生。深知他的好友巴金这样描述他:

> 我有一位朋友靳以创办过好几种文艺期刊……对我印象最深的是:每期杂志印完装好,从装订所拿到样本,他总要捧着它看几遍,好像母亲对待子女一样。那么深的感情!我今天还不曾忘记。
>
> (《巴金文集》第二十二卷页三至四,《致丁玲》)

一九五九年春,靳以在新康花园家中最后的留影

然《收获》刚刚创刊,风向就在不断改变。父亲没有料到,紧接着的那场"反右"运动,仿佛令每个人都站在悬崖的边缘。除了那些相交相知的朋友,连自己最亲密的兄弟,都难逃厄运。我的二叔,被发配到山里背石头作苦工;我的五叔、六叔,也戴上"右倾"的帽子。父亲的心,像被锤子一下下敲打,但他强忍痛楚,挺胸昂头,像母亲保护子女一样,尽力保护《收获》。

《收获》的生命才维持了五个月,年底,父亲就被要求"离开杂志到工厂深入生活"。此后,经作协书记处表态,虽没有离开杂志,但是,"到工厂"是政治任务,务必服从。于是,他选了普陀区的国棉一厂,自此开始半天工厂、半天编辑部的日程。而每天晚上,父亲一如既往在家看稿写作。书房的那盏台灯,天天亮到深夜。而书桌上的那只烟灰缸,也总是烟蒂如山。

干扰更是家常便饭。尤记得第三期上方纪先生的短篇《来访者》。我当时年少,不明白发生了什么事,但是我能感觉家中气氛的异常。那些夜晚,父亲书房的门紧闭着,他与远来的客人不断交谈。不久,家中又复安静。这时,我读到第四期上新辟的"读者论坛",上面有关于《来访者》的讨论。《收获》刚办一年,一九五八年夏天的一个晚上,父亲在半夜起身时突发美尼尔综合征。他在房里轻唤母亲,母亲赶快跑去扶他上床。据说,这是耳朵平衡出了问题。今天回想,他内心的承受已达极限。

至于"发刊事"中所计划的:该年"出版丛书",自然已成空中楼阁。

翻开父亲那一时期的笔记,上面记录着无穷无尽的思想改造,检查。我读到其中的一段:

鸣放以后,为什么情绪低落。

一、从去年以来,我的身体衰弱,失眠,头晕,心中烦躁,怕忙乱。但这是一部分原因,不是全部原因。

二、和党的政策和决定不是一心一德,有些口是心非。表面我接受，心中有意见，但也从来没有及时反映。因此影响到自己的情绪。

全民搞创作，全民炼钢，我没有从破除迷信，发挥群众智慧，敢想敢说敢做来看，只是看到一部分缺点，就蒙住了眼睛。

在鸣放的时候，我强调了文艺的特性，后来经过检查，但是我一直还觉得文艺工作和其他工业生产不同，虽然不能少慢差费，但多快好省完全结合得好也不容易。多，好是必然的，快和省在创作中就有具体困难。又多又快又省，就不一定好。一个作家从事创作，反复修改，就无法快和省。这些问题我都应向党讲，可是我又怕说，因此在情绪上也有了影响。

……

在这样的内心挣扎中，父亲真是"不易"！但他拼力坚持了两年，在为读者捧出十五本《收获》之后，便溘然离世。

那是五十年前的十一月七日，一个寒流造访的凌晨。父亲刚届五十岁。

布谷声声。远处的布谷鸟又在声声啼鸣，它仿佛在召回我的记忆。我看到我的童年、少年，看到那些依傍在父亲身边快乐的日子，看到父亲身上挟着棉纺厂的飞花跨进家门，看到医院电梯闭合时父亲最后留给我的微笑。我看到的是阳光、蓝天，一望无际的绿色原野，宽广的苍穹……啊，这些都是父亲注入我心田的馈赠。

生命是宝贵的，生命也是美丽的。父亲在世的日子里，我从未见过他的药瓶，见过他病恹恹的神情。我也从未见过他在乎自己,在乎自己的生命。就是在他生命的最后一年,被两次送进医院时,我去看他,他的氧气管刚拿掉,已经在谈笑风生。就是在他生命的最后一天,他仍拢着我的肩,喜气洋洋一直把我送进电梯。又有谁知道,他的体内早已潜伏着风湿性心脏病的隐患!因为他从不在乎,从不把病挡在自己面前拒绝工作拒绝生命的付出。后来,我曾听叔叔说起,发病的一刹那,父亲会背着人,独自用手死死顶着墙。父亲说:捱过那一刻,就好了。我不知道,在父亲的生命中,他曾独自捱过多少"那一刻",那死死拼搏的"那一刻";但是,他走过了自己美丽的一生。

如今,《收获》已经度过了她五十岁的生日,在众多文学期刊百花齐放的园地里,她仍受广大读者喜爱。至于《收获》的丛书,也已出了不止一套;不久,她的五十周年纪念丛书,也即将问世。

布谷声声。布谷鸟又在啼鸣,那一长一短的歌唱,划过天际,是否在告知父亲这些喜讯?是否在告慰父亲未完的心愿?那美妙的歌声,温暖的回响,一波又一波,注入我的心底。

纪念父亲靳以诞辰百年
辞世五十年而作

完稿于二〇〇九年六月七日,
一个布谷声声的早晨

(原载《收获》二〇〇九年第六期)

星水微茫

一个夏晚,我们不限于编委的几个人,到北海五龙亭喝茶,记得亭上人满,只得也乐得在亭东占一张僻远而临湖的小桌子。看来像大有闲情逸兴,其实我们忧国忧时,只是无从谈起,眼前只是写作心热,工作心切。一壶两壶清茶之间,我们提出了一些刊物名字。因为不是月夜,对岸白塔不显,白石长桥栏杆间只偶现车灯的星火,面前星水微茫,不记得是谁提出了《水星》这个名字……

《水星》创刊号(一九三四)

(卞之琳:《星水微茫忆〈水星〉》)

卞之琳先生是位写诗高手,他的《断章》曾令多少读者浮想联翩,而以上这段对于当年编刊《水星》的回忆,又展现多少诗情画意!

北海五龙亭上晚风习习,一群"写作心热,工作心切"的年轻文友,喝茶聊天,倾诉心曲。年轻的心跳动着脚踏实地的抱负。眼前是白塔长桥,月亮不现,四周朦胧。于是诗人不由自主信笔写下四个美丽的字:

星水微茫。

自今年《收获》杂志第一期开辟了"星水微茫"专栏以来,周立民先生已经接连写了四篇大文,依次是沈从文、卞之琳、李健吾,最近的第四期写的是梁宗岱和沉樱。记得在他写这个专栏之前,去年冬天,他专门去北京访问了三座门大街14号的旧址,也就是现在的景山前街25号。这个地址是我告诉他的。我想他去寻访这个旧址,必定与写此专栏有关联。果不出所料,看他写的人物,都是当年三座门14号主人靳以的文友。周先生回沪后,他从网上给我发来不少照片,也就是那个旧址的照片,我看后大吃一惊,因为那里与二十一年前我去寻访过的地方大相径庭。如果说,二十一年前尚存不少旧日的印痕,那么今日,已经抹擦得一尘不染了。记得一九九二年夏天,我从北京回来,带着印好的一摞照片拿去给巴老看,巴老一张一张地仔细端详,当见到我站在小院一个窗户前的那张照片时,他笑了。他指着那扇窗户,告诉我说,当年,他就是住在那间房里的。

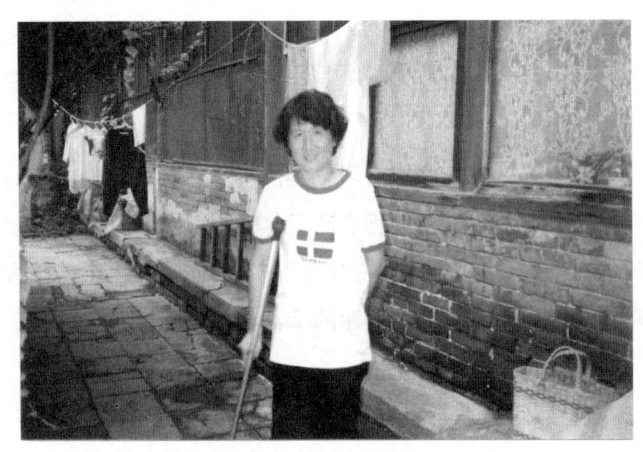

巴老告诉我,当年他就住在我身后的房间

一九三三年暑假,为了筹备办《文学季刊》,靳以在北海三座门大街十四号租了前院南北屋各三间,另附门房、厨房、厕所,门向东的一套房。巴金家住上海,北来就和靳以同住(当时都是单身人),和靳以共桌看稿件。西谛在燕京大学当教授,城内城外来回跑,也常去三座门。门庭若市,不仅城外清华大学和燕京大学的一些青年文友常来驻足,沙滩北京大学内外的一些,也常来聚首。(同上)

一九三三年,靳以二十四岁。

此前一年,靳以从复旦大学商学院的国际贸易系毕业,不愿从商,立志从文。该年,靳以受托北平立达书店,筹办大型文学刊物。

年轻的靳以踌躇满志,先跑到燕京大学,请来郑振铎先生与他一同挂帅,于是开始紧张筹备,组稿,至一九三四年一月一日,靳以与郑振铎共同主编的《文学季刊》问世。创刊号厚达三百六十多页,初版一万本,后又再版多次。

《文学季刊》被誉为"中国现代文学出版史上第一种每期五十万字的大型纯文学期刊"。其栏目为:创作小说、诗、散文、剧本、文学评论、文学研究等。编委是:巴金、冰心、李健吾、李长之、杨丙辰。

半年后:

> 当时北京的经售书商,见《季刊》销路好,眼红,商请出资另办一个小型纯登创作的文学月刊。
>
> 一九三四年夏天,我们组成一个附属月刊名义上的编委会,决定了就挂郑振铎、巴金、沈从文、李健吾、靳以和我六个人名字。我实际分工负责这个相当于副刊的编委。(同上)

《水星》月刊,就这样诞生了。它的刊名,就来自本文开头引用的卞之琳先生那段回忆的场景。

就这样,当年三座门14号这个住址的含义,已经不仅以"章宅"所涵括,它已经是新文学史上举足轻重的两份刊物之发源地。

> "常到那里去的客人,记得有何其芳、李广田、方敬、葆华等。"(沈从文语)
>
> "(靳以)在北平编《文学季刊》和《水星》时,他住在北海三座门,座上客常至,有些作者是老朋友,又新结识很多作者。他关心作者和他们的写作,作者也关心

星水微茫

他和他编的刊物。"(方敬语)

"不久振铎和他(靳以——笔者按)在北平创办《文学季刊》,我和别的几位友人在旁边呐喊助威。我后来就搬到三座门大街十四号(这是季刊编辑部,也是靳以的住家)做一个'食客',帮忙靳以看校样,自己也写点文章。"(巴金语)

"当时除了不住这里的郑振铎,还在清华大学读书的万家宝(曹禺——笔者按)和他未婚妻郑秀也常来此串门。"(卞之琳语)

"当时萧乾还在燕大读书,他也经常到三座门十四号串门。"(卞之琳语)

此外,还有沈从文的妻妹,张家四小姐张充和,当时她正在北大读书,也时常骑着自行车来三座门找靳以。她与靳以有共同的爱好:昆曲。

在清华读书的后来的九叶派诗人辛笛,是靳以二弟的同窗好友,这时也是三座门的常客。

还有骞先艾、沉樱、梁宗岱……

想象一下,这个位于北海南门东侧的小小前院,当时充满着年轻人无可抵挡的朝气。他们编刊、写作,快乐地生活,快乐地工作。

年轻人是流动的。人来人又往,人去复又回。然,基本坐镇的是靳以,因为,从一开始起,就说定所有具体工作均由靳以一人承担。

"《季刊》出了两期,巴金不大从上海来了,后来又去了日本东京。我接替巴金,住进了他惯住的北屋西头一间……我编了《水星》第一卷(六期),只好走了(赴日——笔者按)。这样靳以就一个人同时负责了两个刊物,编辑部全部人员由四变三。"(卞之琳语)

"《文学季刊》出到八期停刊,我从上海到北京帮忙他(靳以——笔者按)结束这个工作。那时他的母亲患癌症,在天津老家中痛苦地等待死亡。"(巴金语)

一九三五年十一月二十二日,靳以结束北平三座门寓所,南赴上海。

一九三三年至一九三五年,靳以在北平三座门大街14号开创了两份在文坛留名的刊物,也在这里奠定了自己一生献身文学的基石。刊物,在他手中,不仅有声有色展现其生命,刊登了许多重要的作品,培育了许多此后成名的作家;而且,在短短的三年间,他也为读者捧出自己以真情抒写的作品。粗粗计算,短篇小说约有六十篇,散文约有三十三篇。其中,他的成名作短篇《圣型》,就写于那个时期。此前一九三二年,靳以曾去过沦陷区哈尔滨,亲历哈尔滨大水,沿途及当地的那些人和事触动他的心弦,就成了他那几年作品的主体。

小说集《圣型》《群鸦》《青的花》《虫蚀》《珠落集》都在这三年间问世。

> 靳以挑了大小两刊一个编辑部的重担,还能照常从事他自己的文学创作,主要写短篇小说。(卞之琳语)

这里是一九三五年靳以在三座门14号这个小院里写的一篇短文,他是应当年"生活书店"出版的《文艺日记》所写,为靳以在四十年代任教福建师专的学生陈嘉音所珍藏。几十年后,陈嘉音把这一页发黄的纸寄来给我:

新的展开

我站到院子里,夜已经渐渐地淡了,我睁大了眼睛望着天边,我什么也看不见。我往返地走了许久,我的胸中滋生了新的力量,我起始觉得我又年青起来!

这在我自己,真是一个值得记着的日子。

看到庭中手植的花草,都已长得很像样了;可是不知从哪里飞来的草籽,也在小小的方丈地内舒根展叶,使庭园有着芜杂之象。我蹲下身子去,一根一根地拔了起来,就丢在一旁,今天我好像起始对于一切事务都不肯放松了。

我回到房里,在那一方磁瓦上我写下来今天所要做的事情,已经将近五点了,我只好急速睡到床上去。

我醒来的时候是九点半,天仍然是热的……

一九三五年,三座门

我望着二十年前自己在三座门14号小院的留影。那天我站在那扇北屋的窗前,满眼是几十年前的旧影。脚下的碎砖,身后的窗棂,仿佛都在对我叙说过去的故事。那是青春,那是纯真,那是友情,那是志同道合,那是不分你我。

空中弥漫着花草的香气,天,是那样地湛蓝,我听到北方的鸽哨,由远而近,那是翻飞的鸽群,它们正在"自由自在地翱翔,驮了两翼一身的阳光"(靳以:《鸽》)。

阳光普洒大地,大地印刻着无数脚印。在三座门大街14号的小院中,错错落落的脚印依旧清晰,我在细细辨认,我看见深深的印痕,它们是不灭的。

完稿于靳以一百零四冥寿
二〇一三年农历七月初一日

(原载《天津日报·满庭芳》二〇一五年十一月十七日)

靳以的复旦情结

在父亲靳以五十年的生命中,有整整十六年是在复旦度过的。

除却他自一九二八年至一九三二年在复旦商学院国际贸易系就读的四年,父亲于一九三八年受聘于内迁的复旦大学中文系任教,于一九五三年受组织调遣离开复旦。这十六年间,曾两度短暂离开复旦。一次是一九四一年皖南事变后被教育部以思想不稳的罪名解聘,远走福建师专任教,又于一九四四年初在好友马宗融教授的保荐下重回复旦。另一次在解放后的一九五一年初,父亲受教育部调遣,到沪江大学担任教务长,在完成了该校的整顿和并校工作后,又于一九五二年秋返回复旦。但在翌年(一九五三年),他受组织调遣,进入华东文联工作,直至担任华东作家协会、上海作家协会的常务副主席工作,才正式离开了复旦。

记得父亲的好友,也是复旦的教授方令孺先生,在接到调令离开复旦,出任浙江文联主席的决定时,不止一次眼泪汪汪地坐在父亲面前，倾诉对复旦的不舍和离愁。这份十几年来与复旦患难与共的浓浓感情，与父亲是相通的；但他们为了服从组织，只能把感情深埋心底。

重庆夏坝靳以（右）与复旦学生合影，靳以右边是学生冀汸（一九四六）

对于我来说，受着父亲的感染，我也一直觉得"复旦就是我的家"。一九五三年搬进城后，每到周日，只要父亲没有工作安排，他总是牵着我的手一早就往公共汽车站跑。一路要倒换好几辆车，来回要花好长的时间，可我们总是兴高采烈，乐此而不疲。回城时分，头上已经顶着星星月亮，但心里又是多么甜美和满足啊！因为，回家的感觉真好。

父亲去世后，我读他的文章，也读学生们缅怀他的文章,我才逐步了解,父亲是怎样捧出一颗火热的心来对待学生的。从他第一次站到讲台,他就认定:"我首先从他们那里得到勇气,也得到这么多年所从来没有得到的慰安。在我的生命中,这是一个极大的转折点,使我从一个人,投身到众人之中,和众人结合成一体了。"(靳以:《从个人到众人》)于是,就有当年的学生,诗人姚奔这样的回忆:"他当时只有三十岁,是复旦大学最年轻的教授,下课时和同学们一起走出课堂,就像个年长的大学生。他待人热情、诚挚、亲切,同学们都愿意和他接近。凡是到他家去看他的同学,他都热情接待,和同学谈话时使你感到他不是老师而是一个朋友。"(姚奔:《悠悠岁月 怀念绵绵》)所以,会有他热情扶持学生创办的《诗垦地》之举(由姚奔、邹荻帆、曾卓、冀汸、绿原等人所办)。这份小小的刊物,正是在父亲当时主持的重庆《国民公报》副刊《文群》上才得以与广大读者见面,并延续了它一年零四个月精彩的生命(共出版二十五期)。而在复旦四十年代发生的"谷风事件"中,父亲会毫不犹豫当众拉起正在广场被特务罚跪的学生。在此后不久发生的"覆舟事件"中,父亲不仅与学生站在一起,坚持真理;而且,父亲为在此次事件中罹难的学生束衣人又是多么痛心悲愤啊!在冀汸先生对于当年的回忆文章中,我读到父亲悲痛地为束衣人整理遗作,百般奔走为其联系出版他的《石怀池文学论文集》,并还亲自撰写了序文《不朽的生命》及附记。后来,我读到他于一年后(一九四七年)春寒料峭的深夜写的《怀念衣人》,那时父亲已随校回到了上海,在江湾寒冷的宿舍他怀念着那片寂寞的墓地,怀念着那位年仅二十一岁、不苟言笑却坚强勤奋的学生……

尤使我难以忘怀的是，我所亲历的一次座谈会。那是一九九四年在北京召开的"纪念靳以先生诞辰八十五周年暨逝世三十五周年座谈会"。会上，我见到那么多自发前来的陌生面孔，他们都曾是父亲的复旦学生，他们讲述了那么多印刻在他们记忆心版上难以磨灭的往事，动情之处竟然唏嘘而不能言……于是，我知道了"稀饭大衣"的故事，原来父亲为了让学生不挨饿，又不被稀饭烫伤，特意让他们顶着他的大衣去领稀饭。我也知道了为什么邹荻帆会写出那首感人的《红烛之歌》，并要他的夫人在会上深情朗诵。因为父亲的热情和温暖始终像一支燃烧的红烛点亮在他们心头。我还知道父亲曾被学生进步组织先后请作"抗战文艺习作会""读书会""缪司社""向太阳诗社"等的指导老师，而许多学生，正是在父亲的引导和扶持下，走上了文学道路。不用说，那些经他的手发表出去的学生作品乃至处女作更成了学生们对他的恒久怀念。

难忘八十年代初，家里来了一位不速之客。大门开处，径直走进一位中年男子。他一直走到父亲遗像面前，忽然立定，弯下身子深深地大鞠躬。他一次又一次不断地弯腰，不知过了多久，才回过身来，只见满噙的泪眼，面对我们惊愕的脸。原来他是父亲四十年代的复旦学生，父亲曾为他解决不少学业上、生活上，乃至以后工作上的难题，他称父亲为"恩师"。后来他因工作需要，远走东北，执教黑龙江大学。当那年从报上得知父亲去世的消息，他独自对壁放声恸哭良久，他那时甚至想赶来上海，见父亲最后一面，无奈时间不允。当时他就立下心愿，若来上海一定要上我家。他是下了火车就直奔而来的，挟着满身的北国风尘。望着他注视父亲遗像的虔诚目光,我的心,受到巨大的感动。

在父亲的忌日和清明时节,我常被告知他的在沪复旦学生,结伴带着鲜花和食品去看望他。他们会在那像公园般的墓园待上一半天,坐在草地上,忘却彼此已然如霜的两鬓。他们仿佛又回到自己的学生时代,坐在与他们心灵相通的老师面前,可以无话不谈:工作、生活、烦恼、快乐……他们的欢声笑语飞向空中,带给天上的父亲无比的慰藉。

我拿出父亲的相册,倾听着往日的足音,倾听着他与学生的一个个故事。那些照片虽已陈旧泛黄,但储存在人心中的真情却永不会褪色,我真切地感受到这些。我经常想,父亲已经辞世整整四十五年,这些鲜花,这些真情,完全超越了当今世俗的利欲,可贵得不可估量。

父亲和学生的故事,无法在短短的篇幅中讲完;父亲的复旦情结,也无法在有限的文字中诉尽。而令人欣慰的是,多少年来,我看到父亲捧出的那颗心,依然还在燃烧,燃烧在他众多学生的心中。

写于二〇〇四年十月

(原载复旦大学《校史通讯》二〇〇四年十二月三十一日)

父亲在复旦大学迁移陪都的日子里

我们这个年龄的人,聚在一起时,说起各人的出生地,常会不约而同跳出两个字:重庆!重庆把我们彼此陌生的心,拉近了。

其实,我跟着父母,在重庆第一眼看到世界,只能说赶上了末班车,一九四四。再过一年,抗战就胜利了。而年长我四岁的哥哥,一九四〇年春天在北碚医院呱呱落地,刚出院一周,那家医院就被敌机炸成灰烬。而在他满月那天,又遇上重庆黄桷树镇遭逢的第一次轰炸。父亲因抱着他,躲过一劫;而与父亲相知甚好的孙寒冰教授(时任复旦大学教导主任),却在那次轰炸中不幸罹难。

父亲靳以,是一九三八年夏离开孤岛上海的。在那战乱的年代,从上海至重庆,他竟然走了好几个月,一路经历了难以想象的艰险。当他在初冬的寒风中,立足在重庆的朝天门码头上,真可谓两手空空,只剩一身单薄的夏衫。为求生计,父亲应邀执起教鞭,走上复旦大学讲台。

复旦,是父亲的母校。它在抗战的烽火中从上海内迁。最初,它迁至贵阳;不久,又迁至重庆市菜园坝。到父亲抵达重庆之际,校总部又迁往嘉陵江畔的黄桷树镇,那是一个与北碚一江之隔的小镇。

从书斋走进学校,走进年轻的学子中间,父亲这样写道:"……我把头挺直了,把眼睛平望着,我就望到许多张天

重庆黄桷树靳以与复旦学生合影(一九四一)

真纯朴的青年的脸,他们用热烈的眼睛望着我,那么可亲,那么和善,期待着我,却并不对我感觉失望。他们的嘴边还挂着微笑,于是在我那紧张的脸上,也挂上笑容。在我们的笑容中,消失了我的疑惧,我们像是溶合在一起了。我首先从他们那里得到勇气,也得到这么多年所从来没有得到的慰安。在我的生命中,这是一个伟大的转折点,使我从一个人,投身到众人之中,和众人结合成一体了。"(靳以:《从个

人到众人》)

于是教书、读书,父亲的生活中加入了许多相知的学生。他被学生聘作"抗战文艺习作会"和"读书会"的指导教授,在竹林中伴随着点点星光与学生谈论文学、抒发抱负;他热情支持学生组织文艺垦地社,帮助出版《文艺垦地》壁报,并亲自为壁报写稿。父亲的散文《红烛》,首次就是发表在学生的壁报上。

父亲的学生,诗人姚奔回忆说:"他(指靳以)当时只有三十岁,是复旦大学最年轻的教授,下课时和同学们一起走出课堂,就像个年长的大学生……他选的教材大都是新文学作品,他讲课不只是干巴巴地传授知识,而是以自己的鲜明爱憎和思想感情感染学生,有时讲到激动处,脸会涨得更红……在鲁迅逝世三周年时,他选了一首悼念鲁迅的诗《一个高大的背影倒下了》作教材,他在课堂上朗诵这首诗时,声音都有些颤抖了。"(姚奔:《悠悠岁月　怀念绵绵》)

在教人育人的同时,父亲为重庆的《国民公报》创办了它的文艺副刊《文群》。这是一块小小的版面,每期只能容纳四千字,每星期出版三期。编惯大型刊物的父亲,并不藐视这块小小的园地。他精心培植,勤奋耕耘。在创刊号上,首先开始连载的是女作家罗淑的短篇小说《阿牛》,此后,一个个令读者喜爱的作家名字,连同他们的作品,源源不断出现在这块小小的版面上,他们是巴金、艾芜、曹靖华、胡风、艾青、何其芳、臧克家、陈荒煤、刘白羽、萧红,等等。重庆的许多读者,不无欣喜地在这里仿佛找到一片美丽的文化绿洲。从此,父亲不怕辛劳,不畏阻力,把这个小小的《文群》,维持了它五百多期的鲜活生命。

而当年那群热情洋溢创办《诗垦地》的年轻朋友们,在他们记忆的心版上,《文群》更是深嵌其中,因为那里珍藏着他们难忘的青春。在嘉陵江畔的复旦校园,这一群青年因共同的理想与爱好聚拢一起。艰苦的生活条件阻挡不住理想的追求,诗情、文采一同从他们心底迸发、流淌。于是其中一位从北方走来的青年姚奔提议说,让我们创办一个诗刊吧!好朋友邹荻帆、曾卓、冀汸、绿原等人一致附议。"但我们都是穷学生,一文莫名,经费从哪里来呢?……在那时,我们既不可能登报募款,也不可以登报征稿,只能从我们自己所熟悉的师友、同学和诗友开始。我们油印了募捐收据,刻了一个有麦穗的小图章《诗垦地社》,并在黄桷树邮局租了一个信箱,为'三号信箱'。一开始就得到靳以的支持。"(邹荻帆:《忆〈诗垦地〉》)

这群热情的年轻人原就是父亲执教下的好学生,他们早已在父亲的鼓励和帮助下在《文群》,及《文群》以外的刊物发表自己的习作。当他们兴奋地向父亲诉说自己的想法,父亲的心也与他们一同激动跳跃。他立即给予实际支持,决定每月让出《文群》的版面给《诗垦地》,让这个充满青春活力的诗刊问世,与读者见面。就这样,《诗垦地》在《文群》的版面上总共出版了二十五期,为时一年零四个月。从此,在诗歌史上,《诗垦地》亦写下切实的一笔。

前不久,我读到长篇纪实回忆录《血色流年》,作者正是当年这群年轻人中的冀汸先生。他充满感情忆及当年,他这样写道:"他(指靳以)定时让出一期《文群》的版面作为《诗垦地》副页,让校园内的墙头诗有机会走向社会和广大读者见面。这群诗人的成长得到了先生最有力的支持。这是过去没有,今后也不会再有的事情。"

我掩卷思索,眼前飞扬着那许多充满朝气的面影。

这就是六十年前,在重庆,在这个战时陪都,在这个内迁的复旦大学校园内,一位年轻的教授,与他的学子们的故事。青春是难以忘怀的,纵然经历者许多已经离开人世,包括我的父亲,包括姚奔、邹荻帆……但,我看见青春的火焰依然燃烧,燃烧在所有追求理想,青春灿烂的后继者心中。

写于二〇〇七年五月六日

(原载《中华读书报》二〇〇七年七月十八日)

重庆夏坝的复旦新村

重庆夏坝的复旦新村,在我记忆中一片空白。我完全不记得那里的一切,但,那里是我来到世上,与父母的第一个家。

父亲靳以去世早,但从他的散文中,我读到他对复旦新村的描绘,他的描绘是如此细致,如此深情,令我深深感受他对那片土地的眷恋。困苦的战时年代,简陋的土坯住房,那些用稻草铺垫的床褥枕芯,在父亲笔下散发着田野的清香。尤其是依傍左右流淌的嘉陵江水,那温暖潮湿的江风,曾给予父亲心灵怎样的放松和抚慰。

> 我还是怀恋我那山中的日月哟!逢三六九的场,使我不忘记从身边转过的日子;在空中成群飞过的敌机,使我不忘记我们的苦难。可是没有人笑我的寒伧,因为如果在我的衣上找出一个破洞,那个人的身上也许能找出两个。我们熟悉了他们的话语,熟悉了他们

> 的生活习惯,我们也爱那秋冬雾,虽然那对人的身体有害,可是它给人们半年宁静的日子。我们可以及时起身,及时工作,及时吃饭,也及时睡觉,四围虽是群山,脚下却展开一片平原,那有四时不断的花草,晨午夕夜鸣啭的好鸟,更使我不能忘记的是那傍江的梧桐荫路,还有从小路走下去的江边。如果江水是安静的,又有月亮,天上是光,水上也是光,拢着膝头凝望着一去不返的水,听它低声的呜咽,好像诉说藏在深心中的情感。那是没有字的诉说,如同无音的美乐,只能用细微的心去领会。
>
> (靳以:《我是从群山中来的》)

在那间小小的土坯房里,父亲为学生修改习作,让他们为自己主编的《国民公报·文群》副刊写稿;父亲还亲自下厨,烧拿手的红烧牛肉,请朋友,请学生……那是父亲极快乐的日子,家里来来去去是一张张充满青春朝气的笑脸。

父亲写得很多。写到那年发大水,夏坝因为低凹,他让我和母亲先避到马家(复旦教授马宗融)的高台子住房,自己再划着木桶回家去抢搬一些生活用品和粮食;然水来得快,不及抢救。等水退去,家中已然狼藉满地,到处都是被水泡烂发了芽的豆子,他自己也因此患上湿症,低烧许久。

一九五四年,父亲得以乘坐"民众轮"旧地重游一番,他不仅到重庆市内走了一圈,还特地回到夏坝。在给萧珊的信中,我读到:

> 北碚我去过了,温泉很好,黄桷树也去了,旧居的

地方都去看到了,看到以往的地方都在,而且我种过的那一小方土地也在,老马的高院子也在,而且都比从前好了,是一件高兴的事。

母亲晚年,有时也会对我忆及那一段生活,都是断断续续的。

说起我的儿时,她说因为奶水不足,父亲向当地农民买了一只母羊,天天挤羊奶给我吃。而我不肯吃,于是母亲从前门追到后门哄我。

还有,母亲特别怀恋与好友萧珊一同去赶当地小镇的三六九集市。她说,巴金萧珊夫妇从昆明到重庆,新婚燕尔,住在城里文化生活出版社楼梯下的一间小屋。他俩只要有空,就搭摆渡船来我家住上几天。老朋友相聚,格外兴奋。母亲把家中的一间空房收拾得干干净净,厚厚的稻草褥子拍打得又松又软,还有稻草芯做的枕头。一大早,母亲与萧珊就兴冲冲挎着篮子上集市买菜,说是要给家里的两位变着法子做好吃的。当然,集市可不像上海的大马路,但她们居然旁若无人用上海话大声说笑,开心得就像回到了中学同学的时光。母亲说,当所有的物品购完之后,两人一定要坐到摊子旁吃一碗"醪糟蛋"犒劳犒劳自己。我问"醪糟蛋"是什么,母亲回答,好吃极了。

我想象她们的年轻,她们的快乐,她们的旁若无人;想象内地小镇集市的铺地货摊,那里该还有正在咩咩叫的小羊吧。那些土布丝线也是在地铺上买的,年轻的萧珊干妈,自己刚刚成家,还没有孩子,却在这个土坯房里一针一线为我缝制了美丽的衣裙,让小小的我,在复旦新村的邻居面前亮眼。

那时候我家还有一位很亲的常客,就是复旦教授方令孺。她不住在夏坝,每来学校授课需摆渡过江,授课间隙,她的停留处就是我家。父亲的小书桌前有她的专座,那是一张我家最好的竹躺椅。她犹如我家的一员,对我来说,更是慈爱的长辈。我开口说话,就唤她"大大",她让我那么叫她,说这是她的外孙女对她的称呼。此后,父亲好友的一些孩子,也跟着这么叫,"大大",就这么叫开了。而大大,就是在我家,在夏坝的复旦新村,认识了许多父亲的文坛好友,巴金、萧珊亦在其中。

记得有一年,赵家璧伯伯前来我家,一方面看望母亲,一方面核实材料;他正在写回忆父亲的文章。那天我拿出相册,与他一同翻阅。忽然,他的目光停留在一张很小不起眼的照片上,继而喊了起来:这不是我家的孩子吗!原来,照片上除了我的母亲,和依偎在母亲怀里小小的我以外,另两位挨坐在一起的大哥哥大姐姐竟然是赵伯伯的一双儿女修义、修慧。我们四个挤坐在三级台阶的最下一级,身后是

我依偎在母亲怀里,左右是家璧伯的一双儿女(**摄于重庆夏坝**)

重庆夏坝的复旦新村　61

树木、篱笆和围墙,修慧姐的脚边有一条小沟,阳光明媚地照射着。因为我看见,在我们坐处的左右,铺洒着许多明显的光影。

很温暖的一张照片。这张照片正是在夏坝的复旦新村摄下的。赵伯伯那时也来到重庆,他一定是带着自己的一双儿女到我家做客,于是父亲笑眯眯地举着相机,为我们留下珍贵的一瞬。多少年过去了,回想彼时,父亲的众多朋友,凡来到内地重庆,都会过江前来复旦新村聚首。我想象,傍江的梧桐树荫小路上,简陋的土坯房家中,高高的黄桷树下,曾留下多少朋友以及学生的欢声笑语。这一切,如同阳光洒在父亲心上,充实着父亲的文思,丰富着父亲的生活!

前几年,在复旦大学的《校史通讯》中,我欣喜地发现一张用钢笔线条绘制的复旦大学(夏坝)地图。我兴趣盎然地按图索骥,找到了在北上方右角的复旦新村,也看到了嘉陵江的主流和支流,果然都傍在复旦新村周围。在这张地图上,我好像看到自己的家,听到江水拍岸的声音,也看到家门口那一垄垄整齐的田地,上面摇曳着番茄、玉米、花生、南瓜……都是父亲精心打理的。

夏坝的生活,父亲在给他的好友,福建师专艺术系主任谢投八的信中,亦有详细的描述:

> 最近生活才比较安定一些,肃琼已经从医院住回来,免得跑来跑去。功课已接班进行,一切都还好。这一次归来,真是损失不堪。我用了三万五的路费,学校则只津贴五千。到此除开丢下的不算,又为添置用具等用去两万。生了一个孩子,连两千元也拿不到,据

说教育部没有公事。你想,这一下可够我受的了。好在我已经过到今日,也无所谓,只要能过得去,也就是了。此地物价之高,较南平更甚。米要四十元一斤,猪肉六十四,菜蔬平均十元左右。我现在前面左面有两大方地,种了珍珠米,茄子,花生,黄豆,南瓜,丝瓜,草莓,江豆,番茄等等。此地土肥,不必浇水,也不必施肥,所以才敢种了这许多。兄教育部每月津贴事,已托人去问,如何再告。我昨天偶一不慎,把捧了万里的热水瓶打碎。过江一问,要一千九,再问一家,要四千。已经打算不买了。后来看到一只胆,要六百元,急急忙忙买下来了。我到此还有一点好处,许多人都自动送我一些用品,我现存煤六七百斤,都是朋友送来。还有许多东西。生活日高,教书人真不知道如何了。如果埋没良心,粗制滥造,也还可以应付一时,可惜我们又不是此等人。

信中的"肃琼"就是我母亲,"生了一个孩子",这个孩子就是我。时值一九四四年春。

前几日,二叔家的孝思兄来电,谈及往事,他还记得当年与二婶一同前来复旦新村看望我们的情景。他说,二婶带他坐在我家门口的台阶上,等待父亲授课归来。"那台阶有三级。"他告诉说。我不由想起上面的那张照片,我们坐的台阶,虽然或许并不是他所指的。孝思兄的声音从话筒中远远传来,令我有点浮想联翩。二叔一家早在重庆定居,二婶也是当地四川籍人。一九三八年,中学刚毕业的母亲,偷偷离家跟随父亲从孤岛上海,长途跋涉,前往内地。一路战火,铺天盖地,父母(此时尚未成婚)经历了千辛万苦,从夏天走到初冬,终于到达高高的朝天门码头。从未离开过大上海的母亲,仰望眼前无穷尽的石阶吓了一跳,"是滑竿把我抬上去的。"母亲说。我问:"父亲呢?""你父亲和前来接我们的二叔很轻松就走了上来。"二叔爱开玩笑,他站在江边的寒风中,望着仍穿着夏衣的父母,忍不住戏说父亲是个"文丐"。

在父母到复旦大学安顿之前,他们就住在二叔家中。"兄弟俩感情深厚,不知怎的有那么多话,天天晚上聊天到深夜。"母亲感慨地对我说。家里有一张四人合影,照片上,父亲与二叔穿着同样的西服、背心,佩戴同样的领带;母亲与二婶穿着同样的旗袍,旗袍上盘着同样的纽扣,连发结也一模一样。母亲对我说,二叔对她很好,买衣料回来,都是与二婶一人一份。二叔豪爽、活跃,朋友众多。诗人辛笛先生与他夫人徐文绮的红线就是他热心牵的(他们两人与二叔均为中、大学同学)。二叔同情进步人士,甚至敢于给关在牢里的共产党人送饭。

母亲说,他们住到当时位于黄桷树镇的复旦大学以后,二叔还经常过江前来看望。父母结婚那天,在北碚的饭馆简单吃了一顿饭,宾客除了复旦的好友孙寒冰、吴剑岚、马宗融(证婚人兼介绍人)等,还有几位相投的学生。二叔一直把父母送到新房。路上忽然想起家中未置锅盖,立即去店铺买了两个。二叔手持刚买的两个锅盖,走在前头,一路拍打,喜气洋洋,俨然送亲。

母亲微笑着回忆着,仿佛又回到那个酷热的夏天,回到那个她一生重要的日子。虽然外公外婆不在身边,虽然生活艰苦住房简陋，但亲情一直环绕在她周围，她感到十分幸福。

然此后二叔在那场五七年的运动中成了右派，又因为不肯认罪，戴上极右帽子，被发配到大山中背石头，做苦力。父亲心在滴血，只能克制，他变得沉默，每月按时给二婶寄钱。我听他对母亲说："孩子又没什么错。"于是父亲坚持培养孝思兄读完大学。记得父亲每月在给清华求学的哥哥寄生活费时，也同样寄一份给就读重庆建工学院的孝思兄。孝思兄到底没有辜负父亲以及二叔二婶的期望，最终学业有成，后来还得到国务院颁发的特殊津贴。

这些往事今天仍旧历历在目，因为那时我已开始懂事，感觉到父亲的沉默，所以每当年底要寄衣物到重庆时，我总是拿出自己最好的衣服。

中华全国文艺界抗敌协会北碚联谊会成立。左起：前排、端木蕻良、方白、王洁之、陈子展、阜东、萧红、靳以、魏猛克、胡风。后排，马宗融、杨芒甫、老向、胡绍轩、方令孺、伍蠡甫、何容（一九三九年九月十七日）

去年，复旦档案馆的小杨告诉我，复旦内迁时的夏坝原址已经恢复，他们已经去参加落成典礼。其实，孝思兄早已把当地的有关简报寄来给我,也有朋友给我用电邮发来有关照片。我看到"登辉堂"的旧屋,还看见那张一九三九年九月十七日中华全国文艺界抗敌协会北碚联谊会成立的照片。这张照片是王林谷先生拍摄的,王洁之先生寄来的。好像是八十年代,王洁之先生打听到我工作的出版社,把翻拍的照片寄来给我,还写来详细人名。我觉得非常珍贵,就拿到《中华读书报》发表。后来,这张照片传播很广,多次被人使用,我觉得十分欣慰。现在看见挂在旧址的墙上,更是高兴,有物至所归的感觉。因为这是一个珍贵的历史镜头,应当传承后代。

看着这张照片,思绪久远。不知当年开会所在地王家花园今安在?而照片上的那许多人,如萧红、端木蕻良、方令孺、胡风、伍蠡甫、马宗融……还有我的父亲,他们依然那么年轻,正从照片上望着大家。

因为抗战,复旦大学迁到了重庆。从一九三八年至一九四六年,由此有了八年复旦的内迁故事。而我,也在生命的最初两年,跻入夏坝的复旦新村。

虽然年幼,记忆空白;但我喝过嘉陵江的水,吹过嘉陵江的风,睡过那里的土坯房,在那高高低低的石阶上奔跑过。一张张泛黄的旧照片连接起我的记忆:无论被父母抱在手中,还是依偎在母亲怀里,抑或一人坐在宽大的台阶上,我的小脸始终洋溢着幸福。因为,这里是父母与我构筑的第一个家。

写于二○一一年八月六日

(原载《文汇读书周报》二○一一年十一月十一日)

一块弹片

一九五二年十月六日

下午四时半出国。

新义州虽然有些房子毁了,可是烟囱还是直立着,冒着烟。人民虽很贫穷,但很乐观。孩子们从学校回来,妇女顶着衣物,在深夜中还是在公路走着。

晚十二时到 州北二十里,宿朝鲜人民家中。炕很热,辗转入睡。(页眉上写:很晚的时候到,还有朝鲜少先队和青年团等候我们,她们已经等候两天了。)

十月七日

日间看了大家,空屋中有打下的敌机残骸,最近还有一个汽油筒落下来。下午四时半又行。过阳德封锁区。到了那里,黑灯快跑,前车极顺利,快要出境时,左前方落下一个炸弹。看着极近,事实也还是在百米以外。二时半到各团部。走了六十里的小公路。下车上山走二三里。休息了二次,心中很惭愧。住处还是想不到的好。即睡,疲乏已极。

十月八日

早晨七时起来,周围环境幽美,早餐后又休息。午饭时,豆腐豆芽全是自己做的。这里还是二楼二底小楼一座,我们的战士真是伟大的。

下午布置工作。还有一个可容五百人的礼堂,真是再也想不到的。全山枫叶极美,房屋全在枫树之中。

汇报时得知有的遇照明弹,有的几乎陷在山坡,有的在公路两旁一上一下,正是换防在一个地方遇到炸弹,全团无一人受伤,亦大幸也。

晚间应早睡休息。

在礼堂放映电影:人民的战士,海上风暴,还有一九五一年国庆节。

晚间七时即入睡,夜间数次醒来。

——节选自靳以《赴朝日记》

父亲靳以参加赴朝慰问团从朝鲜回国以后,他的书桌上就多了一块弹片。

那块弹片就落在离父亲几步之遥。那是炮火连天的朝鲜战场,子弹是不长眼睛的。

我对这块弹片非常好奇,常趴在面前观望许久。因为,这毕竟是我头一次见到弹片,这块弹片挺大的,呈古铜色,弯曲成一副狰狞的模样,非常丑陋。

我想,若是这样一块弹片,插入人的体内,甚至要害部位,后果实在不堪设想。但是当年,又有多少英勇的战士,为了响应祖国的号召,保卫和平,保卫家园,自愿奔赴朝鲜战场,与朝鲜人民共同抵抗侵略者。

我早已在当时父亲任教的复旦大学校园内外,在宿舍区,在国权路,从扩音大喇叭中,听熟了那首豪迈的歌曲:"再见吧妈妈,别难过,莫悲伤,祝福我们一路平安吧!……"我也早已目睹一个个年轻的大学生,胸前佩戴着大红花,怀着满腔的热忱,离开学校,奔赴战场。父亲的相册中,还能见到那个时代的记录。他和胸戴红花的学生一起,快快乐乐站在登辉堂前的大草坪上,从照片上向着我们微笑。

靳以(中左)与王西彦在朝鲜与志愿军交谈

一九五二年秋末,父亲作为中国第二届赴朝慰问团的一员,沿着两年前中国人民志愿军走过的路,大步跨过鸭绿江,来到朝鲜,投入炽热的战场。那时,侵朝的美军总司令正在大肆吹嘘,说要发动一场"空前的""巨大的""毁灭性的"秋季攻势。

父亲就在这紧锣密鼓的"秋季攻势"形势下,在朝鲜战场上整整生活了四十个日日夜夜,经历了天寒地冻、枪林弹雨的考验。父亲这样写道:"四十天来我受到了英雄的朝鲜人民和我们最可爱的人的伟大教育。我也从敌人垂死前的残暴中认识到他们不可避免的败迹,如雨的炸弹没有吓倒我,和所有的人一样,我们更无畏地站起来了。"(靳以:《江山万里》前言)

父亲担任慰问团华东分团的秘书长,除了参加慰问活动,每天还要记录、总结、列提纲、写发言稿,等等。一应事务,大小巨细,父亲都高高兴兴、认认真真去做。一次,他和团长分头带领团员慰问东线的后勤部队和战地医院时,原来设想慰问地在后方,不会发生什么意外,没想到恰逢敌人实施后方轰炸,顿时医院笼罩在震耳欲聋的轰炸气浪中,也正在此时,一块弹片飞向父亲,却在他身旁咫尺之地落下,周围的人都为父亲虚惊一场。于是,这块弹片就被父亲装进口袋,带回国来,留作战地的永久纪念,后来就放在书桌上。

赴朝期间,父亲交了不少战士朋友。在他大大的上衣口袋里,总喜欢揣上一本咖啡色粗皮封面的活页簿,父亲用它作采访记录,记日记,拟发言稿,或即兴作文。活页纸用完后他再换上一沓,然后把写满的活页用鞋带或绳子沿一边的圆孔穿好,分门别类,插入一个个废旧信封内。翻开那些信封,纸上还留着许多不同字迹的赠言,有的工整,有的潦草,有的稚嫩,有的老练,都是他的战士朋友题赠给他的。字里行间,仿佛还闻得到战地的硝烟。父亲告诉我,其中有个叫靳亚琴的女孩子,她与父亲的笔名同姓,才十六岁。我见一页纸上贴着她一帧小小的照片,照片上的小靳头戴一顶大大的军帽,更衬托出帽檐下小脸的稚气。她是东北一小城市煤矿工人的女儿,战争爆发后,她一个劲地要去朝鲜,怀抱着当时许多中国人同一个简单的愿望:保家卫国。为此,她不知磨了多少嘴皮子,还隐瞒了岁数,终于如愿以偿。在朝鲜艰苦的环境中,她吃苦耐劳,表现卓越,立功受奖。父亲特意指着她的照片对我说:"可别小瞧她,要好好向她学习啊。"所以,我对于这位年仅花季,胸前挂着军功章,有着一双清澈大眼睛的勇敢小姑娘,印象尤为深刻。

还有一位朝鲜小姑娘春草娜,父亲曾专为她写过一篇文章《寄给朝鲜的春草娜》。她更年幼,与我的年龄相仿。当父亲来到朝鲜,随慰问团驻扎在她家附近的那个小山沟边上时,敌人出其不意向那块小小的地方投下四枚炸弹,当场就把她的母亲炸死,留下她,还有三个年幼的弟妹,其中最小的弟弟还在襁褓之中。当父亲来来回回路过她家,见她每每或坐在屋门口,用手支着头呆望;或背着小弟弟在暮色中专心读书……父亲的心,再也不能平静。他深情地写道:"不知道为了什么,那时候我都不敢多看你一眼,我更没有说一句慰问的言词。"父亲接着写道:"你没有看见我们,可是你的身影一直到今天仍然很清晰地留在我的心上。"所以,当父亲一回到祖国,一踏进家门,第一件对我讲述的就是朝鲜小姑娘春草娜的故事。而我,则把她同父亲行囊中的另一张照片联系起来。那张照片上满是一片废墟,中间蹲着一个孤苦无依的小姑娘,她那双黑黑大大的眸子里隐含着孤苦、惊愕。她虽不是春草娜,但是千千万万春草娜的写照。我盯着这张照片,不由冲口对父亲说,我愿意把春草娜接到家里,拿我的衣服书包给她,把她当作自己的姐妹,与她一同去上学。于是,父亲就在这篇散文中写下了我的话,并写道:"这不是一个中国孩子的话,这是千千万万中国孩子的话。"

父亲回国以后,辗转到福建、江西,以及青岛、苏州、天津等地作汇报讲演,直到半年以后,才回到家中。之后,他又迅即以"朝鲜战场四十天"为副题,写出了《祖国——我的母亲》散文集。其中,有两篇《耸天的白杨》和《十过重点封锁区》率先在报上刊载时,正巧父亲的朋友孔罗荪叔叔,还有方令孺大大均在我家,他俩是与父亲一同赴朝的同一期慰问团团友,父亲文中所描述的也是他们所经历的。记得那天,孔叔叔拿起报纸让我大声朗读,我一边读一边见他们三个表情激动不已。他们都是五十年代的知识分子,与父亲同有一颗热情、赤诚的爱国之心。

时间过得飞快,抗美援朝已届一个甲子。我翻阅当年父亲赴朝的照片,见一九五二年十月二日华东分团出国前在沈阳北陵全体团员的合影;见在朝鲜土地上父亲与团友王西彦叔叔一起与志愿军战士亲切交谈的情景;见慰问团和战士脚踩厚厚雪地,身后是挂满冰雪的树;见父亲与老友郑振铎的部下,其时为志愿军战士的谢辰生在一起;见父亲坐在在朝鲜儿童中间,身后是连绵的朝鲜大山;还见那张曾经被用作画册封面的,在朝鲜东海岸前线,王司令率众前来欢迎慰问团的影像……照片上,我见到父亲的许多团友;当然,对我来说,最亲切的莫过于当时担任慰问团团长的陈同生伯伯。正是在慰问团的共同工作中,父亲与他同心同德,配合默契,结下了深厚的友谊。这友谊真诚绵长,甚至一直延续到父亲去世以后。

照片上的人多已作古。五十多年间,除了生老病死,还发生了多少不堪回首的痛事!但,历史不会被人遗忘,英雄的事迹不会被人遗忘,那个纯真的、热血沸腾的年代,也将永远留存在那段难以忘怀的历史之中。

二〇一〇年六月二十三日

(原载《天津日报·文艺周刊》二〇一〇年十月二十八日)

与父亲一同看照片

——纪念父亲靳以百年诞辰暨辞世五十周年

父亲有一本大大的相册,是他自己做的。他用一大叠比十六开还大些的道林纸,那些纸的一侧原本就钻有小圆孔,他用绳子把这些小圆孔穿起来,一本厚厚的相册就做成了。封面仍是用同一种软软的道林纸覆在面上,只不过上面是空白的。

从小,我就喜欢看这本相册,因为里面琳琅满目,上至祖父祖母,旁至叔叔婶婶,还有眉目非常端正可胖得出奇的我那好姑妈的一家,及至那些我没有见过面的堂兄弟姐妹……我当然对他们十分好奇,因为所有孩子的名字中间只有一个字不同,走到天边,都牵动着我们的血缘。我们这一代的名字都是由父亲取的,因为父亲是六兄弟中的大哥,他有大哥的威信,他更有大哥的爱心。瞧,他坐在那张兄弟合影的中间,呵护之情油然涌现。照片两侧还有父亲的手书,左为:我们的一群;右为:十八年夏,与功,伦,畴,丕,天

六兄弟合影（一九二九年夏）

诸弟合照。

当然，相册中除了家里人的照片，还有更多是父亲的朋友，以及学生。回想往日，当那一张张薄薄的纸从我的指缝中轻轻滑过，当无声的照片，应和着我与父亲的问答，应和着从窗外射进来的一缕缕阳光，娓娓为我讲述一个又一个故事，那是我生命中多么温暖幸福的时刻！一个个故事铭刻在心，让我看到父亲在人生路上走过的足迹，看到父亲鲜明的爱憎；其中更深深感染我的，是父亲博大的胸怀，父亲的人格。

两年前，我无意中见到父亲的一幅字，那是他在上世纪四十年代写给一个女孩叫陈小滢的。小滢是女作家凌叔华的女儿，一九四六年她随母亲赴英国前，为了等船曾住我家。她有一本小纪念册，里面写满了父辈朋友为她题写的希望，父亲的这一页字正在其中。此后，小滢一直跟随父母生活在国外，这本纪念册也成为她最珍贵的物品。

当朋友把这幅字扫描后给我从电脑上传过来，当附件一点点打开，父亲熟悉的字体清晰地展现在我眼前，我仿佛看到父亲亲切的面容、希冀的眼神。

父亲是这样写给她的：不为一己求安乐，但愿众生得离苦。后面是：这是一条大路，望小滢走上去。

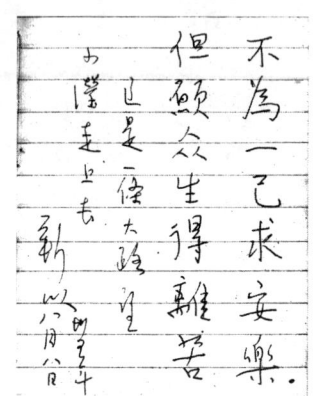

靳以手迹（上海，一九四六年八月八日）

这是十四个字，十四个字的人生追求。这是"一条大路"，父亲在走，也希望小滢去走，他一定希望他的后辈，包括我，也能"走上去"。

然他题字之际我仅两岁，然他辞世之际我才十五岁；但是，我仍然感到幸运。因为，这十五年中，我一直跟随父亲身边，从重庆夏坝内迁的复旦大学简陋的土坯房宿舍，直至回到大上海。我跟着父亲生活在郊区的江湾复旦、沪江大学；就是在他赴朝慰问并辗转国内汇报的整整半年中，我也独自与老保姆一起，待在复旦的教师宿舍徐汇村，等待他的归来。尤其是，在他生命的最后三年，我不幸罹患重病，从此双腿致残，但我仍然感到幸运。因为病，让我得以更多的时间在父亲身边。那最后的三年,我几乎日日与他对坐在大书桌的两边,一边读书,一边看他工作。记得那是他辞世的前一年,他在家招待纺织厂的几位女工。谈话之间,他要为她们找需要的书。那是两个高高拼成的大柜子,书本不规则地摆放在里面。这两个柜子,还是因为书不够放,向作协借来的。父亲弯着腰,埋着头,满头大汗在下层柜子里寻觅。一旁的女工姐姐过意不去,让他不要再找,就在那一瞬,父亲抬起头来,我看到大汗淋漓下的那张热情、诚挚、平易的笑脸。

身教重于言教。父亲是热情的,诚挚的,平易的。他对待身边的任何人,无论职位高低,无论贫穷富有,都一视同仁。他对待弱者,更是倾注爱心。我听过许多关于他的故事:比如大学时代,为了帮助患病的同学,他不惜倾囊而出;抗战时节,为了帮助朋友,他四处奔波。父亲的朋友告诉我说,他可以脱下自己身上的衣服,给他人御寒;他可以掏出自己口袋中仅剩的钱,给他人救急。父亲就是这样,从人生的路上一步步走过来,他始终遵循着的是这十四个字:"不为一己求安乐,但愿众生得离苦。"

父亲辞世后,我系统地阅读了他的作品。文如其人,父亲正是这样一位现实主义的作家。他的作品,体现他的思想,体现他的爱憎。他把他的追求,他的温暖,他那火一样的热情,全都融入他的文字中。我从他的作品中,仿佛看到他周遭的人,听到他发自内心真诚的声音,感觉到他那颗灼热搏动的心。从一九二八年在《语丝》杂志发表他的第一首诗作,紧接着第二年在《小说月报》上发表他的第一个短篇小说,三十二年的文学生涯,无论是短篇、中篇、长篇、散文、以及杂文,无论题材表现如何不同,但始终不变的是真情写作。真情,永远灌注在他的笔端,凝聚在他的心里。我想,这也是为什么自父亲辞世后,他的作品一直被选为中学语文教材(直至今天),他的散文小说能不断得到再版,他的著作能珍藏在国外著名大学图书馆的缘由。

关于他的作品,牛汉先生的一席话让我至今难忘。那是一九九四年,中国现代文学馆和中国作协在北京召开父亲的纪念会,牛汉先生这样说道,当他还是一名中学生,战乱时流徙到陇南山区,住在一座破庙里感到又孤独又寒冷时,他读到父亲的小说集《圣型》。读后,他写了一首小诗。他说:"这首小诗是我在寒夜读《圣型》时即兴写的,我默默地感谢,世界上有个作家叫靳以,他为我寒冷的心送来一盏灯,又红,又亮,又暖。"几年后,他来到上海,在江湾的复旦大学宿舍见到了父亲,他这样说道:"他(指父亲)说话的声音,微笑的眼神,像朋友似的亲切,我一生交往过的前辈作家很不少,但作品和人温暖如朋友的亲切的作家,却并不是很多。"

……

时间过得飞快,父亲离世不觉已届五十年。但岁月在一些人的心中,仿佛没有痕迹。每年父亲的忌日,只要在父亲的遗像前看看那些美丽的花,深情的诗,心里就很温暖。父亲曾在复旦大学执教多年,也曾辗转授教福建师专、沪江大学,还曾兼课内迁北碚的国立剧专。父亲授教过的学生,虽然散布全国各地;尤其是解放那年就读复旦的大哥大姐,当年他们毅然决然响应祖国号召,告别自己心仪的大学,身披戎装南下。他们历尽生活磨难,在祖国边远地区安家落户,现在早已越过古稀之年;但他们心中仍珍藏五彩的梦。他们用深情的笔,写来优美的诗,诉衷他们对父亲,他们爱戴的老师的怀恋。这样的怀恋接续不断,从父亲辞世延续至今,也已整整五十年!

回想前年夏天酷暑难当,三十九度高温连续袭来,却有父亲一位学生给我们送了三次西瓜,每次十来个。第二、三次送来时,前次所送刚在当天吃完。我奇怪极了,不由问怎会接续如此之巧,却听到以下幽默的回答:"老师(即父亲)给我打电话了呀。"我顿时语塞,及至热泪盈眶。

也是那年的中秋节,就是当年参军南下的复旦老学生,年届八十又一,他千里迢迢从广州赶来,执意把我们接到杭州过节。年迈的母亲,第一次观看了钱塘的江潮,还乘车环绕西湖观光两次。当我把中秋的出游告诉我的朋友,朋友惊讶得不敢相信:离世近半个世纪的父亲,还有如此真诚的学生!但这一切都是真的,我可以一一说出他们的名字,我对朋友说,欢迎她在清明和父亲的忌日来家看看。

作为女儿,我对父亲的怀念顺理成章。但作为父亲的学生,那些再也得不到父亲回报再也得不到父亲庇荫的举动又作何说明?我望着照片上父亲热诚亲切的笑脸……虽只五十年的生命,竟然留下如许的爱和牵挂。

一张张照片,定格了父亲各个时期的影像;一张张照片,把我又牵回到父亲的身边。与父亲一同看照片的情景,清晰如在眼前。那本父亲用绳子穿成的道林纸相册,翻阅时柔软的感觉还在手心;而那一缕缕穿越窗户洒进屋内的阳光,仿佛还在眼前不停地跳动。我不由抬头环顾四周,时空在脑海中来回移动,父亲的影像在面前是如此鲜活,恍然他就在我的身边,就埋头在那张离我不远的书桌前。

此刻,我望着父亲的最后一张留影。他就站在家中的庭院内,站在那棵忽然枯萎、却通人性的雪松之下。父亲的手轻插在腰际,眉头却轻皱着。他的脸上,写满疲惫。我记得,那正是他去世那年(一九五九年)的春夏之交,我们把他从书桌前唤出来,留下这一张影。那时,他的工作已经超出他的心脏负荷,然而我们(包括他自己)都全然不知。

我望着父亲,忽然感到心痛。我情不自禁伸出手去,想轻轻抚平他的眉头,想为他分担辛劳……但时空已隔五十年,多么严峻的五十年!

但是,我能听见他的声音,他的声音正在走近:

如果我的生命不在,就把我的爱在人间留下来。

完稿于二〇〇九年三月二十三日

(原载《靳以影像》,上海文化出版社二〇〇九年九月出版)

远久的记忆

那天,在《文汇报》上见到那张照片,见到五二年时的曹孚,心中久久不能平静。

这张报纸我不忍丢弃,这张照片我反复地看,远久的记

复旦大学新闻学院八十周年院庆时新闻馆前的合影,
第二排最右为曹孚(一九五二)

忆伴随在父亲身边生活的日子,不断萦绕眼前。

父亲靳以的学生多矣!在我的童年,学生在家里川流不息早就司空见惯,饭桌上永远不只添一双筷子,家里的大门好像一直敞开。而且,随着无数次的搬家,无数次的父亲调动工作,有那么几位学生,仿佛无视路程的远近,无视父亲已经离开复旦,离开校区,仍旧频繁在我家川流不息。有时正赶上吃饭,咚咚的脚步在楼梯响起。总是一边踩着楼梯,一边大声地唤:章先生,章师母!未见人已先闻声。于是,饭桌上又照例添上几双筷子。

这是我童年、少年时代熟悉的家庭记忆。而曹孚这个名字,也就是在我们搬到市区后时常来到耳畔的。

那是曹孚先生的爱人。今天,我死死地搜寻记忆,也想不起她的名字。但,她的神态面貌却是如此清晰,尤其是她快人快语的大嗓门,豪爽的性情,深深刻印在我心底。

她是来得最频繁也最随便的。我估计她是父亲任教重庆复旦时的学生,故称呼她"阿姨"。因为,凡那时期的父亲学生,我都称"阿姨叔叔",比如"姚奔叔叔""邹荻帆叔叔""严琬宜阿姨",等等。他们实际上也与母亲同学,所以,不善交际的母亲,与他们也很随便。

有时,曹孚也与她同来,那就会待上很久。但曹孚比她沉默得多,说话也轻声得多。为什么我反而记住"曹孚"的名字,因为我觉得"曹孚"这个名字很好玩,在我童年的脑海中,一直以为"曹孚"是"曹壶",所以就牢牢记住了,这样一记将近六十年,直到那天见报,才知"曹孚"的"孚"之写法。

他(们)来访,多谈复旦校内之事。尤其是曹孚的爱人,无论大事小事都会直奔而来。有时候天色已经很晚,她还会激动地从郊区跑来,大嗓门从不避讳,说的内容我因年幼而不懂,但记住了每每父亲都会关切地问到"曹孚怎样了"。父亲的劝慰很有用,阿姨离去时来与母亲打招呼,看得出心情已复平静。

回想起来,估计那是一九五三年。因为一九五三年初父亲服从组织调动刚刚离开复旦,来到华东文联工作。我们的家于是从复旦的教师宿舍徐汇村搬到市内父亲的大学同学康嗣群家的三楼,就在长乐路的蒲园。那架在曹孚爱人脚下经常咚咚直响的楼梯,就是康家的楼梯。年少的我,每每听见楼梯声响,都会冲到楼梯口去看来客,看到认识的就大声报告父亲。

这篇张允若先生发表在《文汇报》"周末·记忆"栏目中的《一张老照片引发的回忆》,在谈及曹孚先生时,特别提到解放前复旦校长章益以及"公馆派"的事,文中这样记述:"于是就有了'公馆派'一说。学习会上的追查,让曹孚先生颇感委屈,竟然掩面哭泣起来……"

多么熟悉!这个"公馆派",这个"章益",也存在我少年的记忆中。解放初期,随着大小运动的不断,从父母、父亲与友人或与学生的交谈中,经常闻及。尤其是我视作外婆的父亲好友方令孺先生,她那时仍在复旦执教。方令孺先生无论我们移居何方,一直是我家常客。她坐在书房与父亲聊天,常常开怀大笑。但每每提及以上两词,愁容立刻代替笑容,眉头立刻开始紧锁,空气立刻变得严峻。

我知道,"章益"连同"公馆派"这件事,长年纠缠父亲,压得他喘不过气来。新中国成立不久,与许多对未来怀有美好希望的知识分子一样,父亲向组织提出入党要求,但就是"章益"把他缠住,让他反反复复检查,又反反复复过不了关。

父亲去世后,在整理他的手稿时,我读到他于一九五六年写的"自传"以及一九五九年写的"思想总结",其中许多内容读得我心痛,而提得最多检查得最多的就是有关"章益"的事,摘录其中几段:

> 反动校长章益原来教过我的书,他把我找回去,做他的民主幌子,对外表示能容人;我也利用他和我的师生关系,与之斗争。但在斗争中,我总是存心挽救他,以为他过去也是一个知识分子,很能教书,他加入C.C.集团是个人向上爬的台阶,何苦穷凶极恶,自绝于广大的人民?这样,就使我的阶级立场不明,虽然我和他的思想与行动毫无共同之处,但这一点很是被他利用,使广大的群众看不清他的本质,影响与他斗争的勇气。在我们自己之间,也易于引起其他的人的怀疑,不了解我和他到底是什么关系。这一点,我应该做为毕生最深刻的教训。任何个人情感,必须建筑在共同思想上。对敌人一定要划清界线,坚决与之做不妥协的斗争。
>
> 章益是一个极其狡猾的反动派,他虚伪地打着走蔡元培的道路,"兼容并蓄,学术自由"的招牌。他想使进步教授和同学在他的掌握之中,并利用我们做他的进步幌子迷惑人心。同时在我们的中间起了分化作用,影响了进步教授间的团结,削减了我们对他斗争的力量。我以为我利用他:可以向他提出教授和同学的意见,也可以探知一些反动派的动向,尤其错误地以为

他会在严重的关头上保护我。我还是走既革命又安全的道路,企图利用他取得自己的保护。其实他只有在无路可走的时候才听从我们的意见(如大军即将南下)。他有时透露出一些反动派的消息,并不是保护我而是恐吓我。为什么我当时没有发觉他的一切阴谋诡计?主要是我被资产阶级的个人情感的眼睛所蒙蔽,没有从本质上认识他,看不穿他的虚伪伎俩,受到他的利用而不自觉。我不是站在党的立场和阶级的立场和他做坚决的斗争,以个人的感情代替了阶级,由此丧失了立场,这是我一生极严厉的教训。我一定要从本质上认识事物,分清是非善恶……

余生也晚,没有亲身经历当年情景,只能从复旦大学的校史,学生运动的书籍,当年学生的回忆,去了解历史点滴。

记得进入出版社工作以后,曾有同事抄录资料给我,其中有一页是《春天的摇篮》一书中李振家先生《在缪司神麾下》的片断,内容是父亲与章益校长一段惟妙惟肖的对话,有关一张学生的漫画。该画讽刺章益为了当上国大代表,千方百计往上爬的丑态。章益看到这张漫画大怒,于是就有父亲出来保护学生的这段对话,其时为一九四八年三月。"缪司社"是复旦进步学生的一个文学社团,父亲是该社团的指导老师。

还读到书籍中记录的如火如荼的护校运动,父亲与进步教授在报上发表的抗议反动政府的联合宣言。

读到父亲与方令孺配合地下党,对章益做了大量的工作,才把他留在大陆。今天,在张允若的文中,也读到这样

靳以(第二排右五)与复旦缪司社学生合影(一九四七年夏)

的字句:

> 章益是国民党政府教育部委任的复旦大学校长,据校史记载,他在任期间做过一些有益于人民的好事,最后拒绝了国民党政府要他迁校撤退的指令,认真地护校,把复旦平安地交到了新政府手中。

后来,看到一本新出版的书,属外国文学名著丛书之一种,是英国作家司各特的名著《艾凡赫》,封面上,译者章益两字赫然入目。出于本能,我四处打听,才知解放后章益一直在山东某大学从事教学与翻译。

……

再回看这张照片,曹孚圆圆的脸庞神色凝重。他是留学美国攻读教育学的博士,后任教哥伦比亚大学。新中国成立后,曹孚应陈望道校长电邀回国,来到复旦任职。没想到他也曾为"公馆派"所痛,还痛得"掩面哭泣"。

斯人已去,往事难追。父亲、曹孚、方令孺、章益等老复旦人,也都已回归尘土。但,历史的印记仍然存在。就像这张照片,还有人如此完整地保留着,并写下这么大一篇回忆文。

我仔细望着照片上的曹孚,耳边,仿佛又听见咚咚的脚步声在楼梯上震响。

二〇一二年二月二十九日

(原载《文汇报·笔会》二〇一二年四月八日)

十一月金黄的梧桐叶片

坐在车里,十一月金黄的梧桐叶片从街道的两边如排山倒海般涌来,扑上我的面颊,扑进我的怀抱。我在心里庆幸,那不是水泥森林,那是梧桐树林!一路去看父亲,一路还能领略这样的景色,我的心倏然掠过一丝酸楚。如此丰富饱满的季节,如此色彩斑斓的季节,父亲,你为什么走得这么早!

出租车司机问我:你是去上坟的?回答:是。又问:你是去瞻仰烈士的?回答:不是,是去看爸爸。再问:你爸爸是老革命?回答:不是,他是一位作家。只是他去世很早,许多人都不知道他。但是,他是《收获》杂志的创办人。知道《收获》吧?问者回答说:知道。

我的声音已经低沉了下来。昨天一早,父亲的复旦大学南下学生峕青又给我从福建永安来电,明白无误地说出今天是父亲辞世五十三年的日子,要我在父亲灵前转达他的怀念。我在想念峕青,虽然我从未见过他。今年,他该有八十七岁了吧。在一九四九年的祖国召唤中,他,一名二十四岁的年轻小伙,告别就读的复旦大学新闻系,告别大上海,毅然决然参加解放军华东随军服务团,南下革命,最终在永安落户扎根。他热爱诗歌,热爱写诗,直到今天,他依然诗心满怀,常有诗作源源不断寄来。他的本职是一名令人尊敬的教育工作者,曾任永安一中副校长。我见过当地对他的报道,他继承了父亲的一些优良品格,始终记住父亲传授的做人道理。父亲泉下有知,该多么宽慰啊。

永安,对我来说并不陌生。虽然我从未踏上过这块土地,感受它的亲情。但是,一九四一年至一九四四年初,父亲在那里任教。从永安到南平,父亲跟着福建师专辗转。他在该校任文史地科主任,拥有大量爱戴他的学生。他教书育人,同时编辑《现代文艺》《文艺丛书》《烽火丛书》,还不间断地为远在万里的重庆《国民公报》继续主编他创办的文艺副刊《文群》。他当年的学生,后来成为著名作家的郭风先生,曾饱含深情怀念父亲:

(在永安霞岭小山村时——笔者)靳以师当时住在学校——不,在离祠堂或"书院"约二、三百步的山径旁的一座孤独的小木楼上。说也奇怪,此木楼仅上下各一间,也可能原是守林人的小木楼,掩映在杂木林的荫影中。我记得,我大多在晚上去向他请教。这小木楼的小室容一床、一桌、另容二三木椅。当时,山间的一种有如野蔷薇的、伸展枝条而带刺的野生植物正在开花。有哪位同学为靳以师砍了一大把这种开白花的野生植物,用大木罐养在他的床头……他的散文集《鸟树小集》当是在此楼上写成的。

（学校迁至南平后谷村——笔者），我记得他（靳以）住的大木楼,楼基砌在小山坡上,附近除杉木林外,有几棵似乎是木王莲之类的大乔木,正在开花。在这座木楼居住其间,靳以师写了不少小说,包括'离乱'等。此外,完成了一部颇为独特的散文集《人世百图》。

靳以师在永安霞岭、在南平后谷期间,和同学都很接近。他热情。他平易近人。他用了颇多的时间,与同学以及来访者谈话。我至今记得,他初到霞岭时,一次晚会上,他清唱了一段京剧唱段;这个晚会在简陋的膳厅里昏暗的电光中举行,是同学们为欢迎他而举办的,他的唱腔宏亮。我又记得学校刚迁至后谷不久,一个晚间,在他住处杉木林下的坡地上,举行篝火会。在火光中,他领唱了岳飞的《满江红》。除此之外,他在永安霞岭时,曾和一些同学在山间野游;大家一起行于山径间,渡过山间无名小溪的流水。

在南平后谷任教期间,靳以师有空时,便到南平市区看望一些友人。这中间,有时他也带我一起进市区去。记得大半是步行去（南平和后谷之间,有水路可通,也可沿公路步行八九华里）。去得较多的地方是:处于一座山麓（南平为山城）下的画锦坊街的东南日报社……还对我说,可以为《笔垒》撰稿。

(郭风:《忆靳以师》)

离开福建南平时靳以与学生合影，前排左七为靳以（一九四四年一月五日）

八十年代初期,因为《福建文史资料》刊载有关父亲的文章,我陆续接到父亲福建学生从闽地寄来热情洋溢的信,寄来与父亲的合影、字幅照片,以及保存完好的父亲为一九三五年的《文艺日记》写的短文《新的展开》。这些照片、字幅、文章,他们珍藏了几十年;他们心中,更珍藏着对父亲的真切怀念。父亲从重庆的复旦大学刚到福建时,曾说:"福建的学生是更朴实,更贫苦。他们多半是穷人的儿子,在山间的小学做过教师再到这个学校来深造的。"(靳以:《从个人到众人》)正是这些"穷人的儿子",在经历了几十年的沧桑,在父亲辞世多年之后,给我寄来他们的珍藏,给我写来厚厚的长信,与我娓娓谈论他们爱戴的"靳以师"。

我是你父的学生,现已六十九岁(你父大约比我多六七岁。因我是当了六年小学教员以后才继续升学的,所以当时是年纪稍大的学生),于一九四一年八月至一九四四年七月在福建省立师范专科学校教育专业学习至毕业。

当年我虽然学的是教育专业,但副修过中文课程,经常去听你父亲的课,所以我是你父亲来福建教书时第一个约去个别谈心的学生,也是他在福建期间所写的许多文章手稿的第一个读者。靳以老师来到福建师专,像磁石引铁那样,很快就把一批憧憬未来、追求光明的爱好文学的青年吸引到他的周围。

我曾经是《前夕》(父亲所著长篇——笔者按)初版印件最早的读者之一。记得一九四三年间虽抗日战争还在进行,我们都幸运地在福建的山城南平,从靳以师的手里借来远自沦陷区上海邮寄而来的一束束尚未装订的《前夕》的初版本。当时还在茫茫夜中,交通不便,读物奇缺,同学争相传阅《前夕》的情景犹历历在目。(陈嘉音)

这里寄去一张你父母亲四十年前在福建的照片。靳以师一九四一年九月由重庆到福建战时省会永安,在福建省立师范专科学校(今福建师范大学前身)文科任教二年半,一九四四年一月八日你父母亲离闽赴渝。离校前夕,我们一些同学到南平市上(该校后迁至南平)设宴欢送并拍了这张照片留念。

你就是小南南,太令人高兴了。一九四四年一月,你爸妈离开南平跋涉闽,赣,湘,桂,黔等省再回到重庆,记得我当时有将在《东南日报·笔垒》上我写的那篇《送别靳以师》的散文剪寄给他,不久收到老师的复信,告诉我,他为了纪念在南平福建师专的这段日子,他把刚出生的女儿取名为南南,这名字很好,给我印象很深。

靳以师一九五一年率抗美援朝慰问团华东分团来福建作传达报告,就到过厦门,漳州,我那时在龙溪地委工作,见过他最后一面。

福建到处都有靳以师的学生,希望你有机会来福建一游,必将受到热烈的欢迎。(吴今凌)

暖暖的话语,真挚的怀念,让我看到父亲的笑脸。在闭塞艰苦的小山村里,在与掺沙粒的霉米,夜间的狼嚎,不问断的疟疾相伴之际,父亲没有一丝抱怨,他只有微笑,只有爱心。难怪在他离去之时,他的学生送了他一程又一程,从学校搭渡船到南平,在南平聚餐留影,流连不去,次日再留影,再相送。街上那家简陋的照相馆,那两日忽地热闹了起来,几张正正规规的照片,照片上排座的正正规规的师生,是当时的写照,也是父亲一生的骄傲。

多年后,在搜集父亲的资料时,我又一次感受这动人的场景:

> 船终于远去了,石岩无情地遮住了望眼,剩一个船艄,最后连撑船的人也不见了……拖着沉重的脚步,茫然踱回校中。我顷刻似乎已大了几岁,心酸得敛成一颗小枣子的束在胸口,没有泪,也不想哭。凄寂的心胸把整个的躯体都控制得稳稳而且麻木了,是的,是极端的静,从未有过的静,我静极了!……在"静"中我想象先生正坐在船上,先生的面容,言词,也就现在眼前,响在耳边,那将永远地留刻在微弱的心版上,永远地,永远地……仅仅是几个月的时光,先生所给与我们的印象,都是这么深刻。不错,是有伟大的心,才能激动人的灵魂的深处。

这是一篇题名为《让我静静罢——送老师章靳以之行》的文章,文章的末尾,写着"一月六日之送行回来 荔荔谨写",发表在一九四四年一月十二日《中央日报》(福建永安版)的《中央副刊》上。

上世纪九十年代,我出差厦门。我躺在摇篮似的车厢里,在车轮与铁轨的嘎嘎声中,断断续续编织着我的梦。睡梦中忽听乘务员播报,前方停靠站"永安",我一骨碌从铺上跳起。火车缓缓进站,缓缓停靠。那是个十一月下旬的清晨,我站在车门口,望着永安的大地,情不自禁大口呼吸永安清冽的空气。小小的站台干净简朴,人烟稀少。我想象不出这个小城五十年前的模样,但是有一股亲情直扑我的胸怀。火车只停靠几分钟,我无法下去走一走,但是,我遏制不住遐想的翅膀。遐想中,我看到父亲年轻奋发的足迹。

十一月金黄的梧桐叶片,几经风雨几经寒潮,正在纷纷落地。落叶在空中飘啊飘,不规则地飞舞,最后沉到地上。这原是一幅秋的美丽图画,可惜,这一切只能勾起我的悲伤。我的眼前,闪回着五十三年前父亲住的病房,病房的桌上、椅上、床上,散放的《收获》稿件,作者来信,还有那些校样。那是一九五九年的十一月,《收获》创刊两年零四个月,而父亲已经编好了那年最后一期的刊物。他的心脏病是突发的,气接不上来插了氧气就能恢复。之前已经有过两次,进了医院又很快出院,这回亦是如此,他已经决定第二天出院。他没有想到,半夜零时的再一次发病,被死神紧紧拽住,拉到另一个世界。

我记得他红扑扑的脸,盖着医院白色的单子,再也不能回应我的呼唤。我记得自己上下发抖的牙齿,哆嗦的身体,趴在他的身边寻求温暖。我记得每天去看他时,他坐在桌前看稿的专注神情,而我,总是轻轻坐在一隅,不去打扰……父亲,你没有告别,没有遗言,只有病房里面留下的工作情景。

时间过得飞快,今年,《收获》迎来她五十五岁的生日,连父亲亲自为她取的刊名"收获",也听说早已注册商标。这是父亲万万想不到的,想不到这个世界会如此变化。父亲应该欣慰,欣慰《收获》的长存,她已经活过了父亲仅仅五十载的寿命,并且,她还将继续她生命的灿烂。

人生无常。静下来时,常会有些许懊丧涌上心头,懊丧父亲没有告别,懊丧父亲走得那么突然,懊丧父亲留下的那么多牵挂。那生命最后的短短十六分钟,他一定会牵挂我当时还不能走路的病腿,牵挂我的将来。他一定会牵挂刚进入不惑之年的母亲以及还不懂事的三岁妹妹。他更会牵挂他热爱奉献一生的文学事业,包括这本建国后好不容易创刊并死死坚守的《收获》。

隔壁有人在开启音响,播放的是一首苏联歌曲《离别圆舞曲》。三拍子的旋律如影随形,仿佛应和着我的思念在道离别:

> 听,风声萧萧,
> 离别的时刻就要来到。
> ……
> 这弯弯的小河,
> 这河边的沙滩,
> 你可要记在心里。
> 还有这首轻柔的圆舞曲,
> 你也不要忘记。
> ……
> 看,飘零的树叶在风中旋转,
> 那圆舞曲也旋转不息。

>这舞曲我们自幼就熟悉,
>就让它一直回荡在你我心里。

但是,毕竟没有离别,只有飘零的梧桐叶片在风中旋转。离别的惆怅一直回荡在我心里,回荡了整整五十三年。

日历已经翻到十一月的最后一天了,轻柔的圆舞曲旋律还萦绕耳际,它令我眼眶阵阵发潮。哦,这美丽灿烂的十一月,令我悲伤痛楚的十一月,那亲人离去的季节!

始写于二〇一二年十一月七日
完稿于二〇一二年十一月三十日

(原载《文汇读书周报》二〇一二年冬至,正值父母落葬日)

《宁死不屈》的回想

这本书已经破旧不堪了,封面的左下部分已经被虫蛀蚀掉,但那刚毅的老人仍旧挺立在那里。他的腰板挺得直直的,身后是炮火,是马嘶,是炸毁的房屋;但老人依然笔挺地站着,坚毅的目光,仿佛在传达一种坚韧不拔的力量,直射我心。

它插在父亲的书架中年代久矣!自我孩提始起,跑出跑进与书架擦身而过,都看见这本书。可是奇怪,我怎么会没去读过呢!五十年代后期,我因病困在家里,读了无数的书,当然也包括那时最风靡的苏联小说,可,我怎么会漏掉这本呢!

今天,由于家中地板塌陷,我只能下定决心拉出这两个沉重的大书架,全部整理一遍。于

《宁死不屈》书影

是,这本《宁死不屈》又跳入我的眼帘。

这本书,在我家已经住了超过一个甲子。家的几次搬迁,它都跟随在我们身边。书的拥有人,我的父亲,早已离世而去。而我,也从一个天真烂漫的小姑娘,走到今天的古稀。此刻,望着已然破损的书封,望着这位熟悉的在战火中巍然屹立的老人,我的心里忽然涌上一股强烈的怀旧情结。我怀念过往的岁月,怀念我的童年、少年、青年,怀念依傍在父亲身边的日子。我仿佛邂逅我的一位老朋友:看见孩提的我站在书架边玩耍,一本本辨认着书的名字,不断向坐在对面伏案的父亲发问。对了,我很记得这个"宁"字,因为它不同于一般的繁写体,宝盖头下面是一个"心",再下面是一个"用",我因此读不出来。父亲微笑地回答我的发问,父亲的微笑是那么温馨,我们的对答是那么温暖,四周的阳光是那么明亮……

我把破损的书用软布轻轻擦拭,翻开扉页,赫然见到父亲的签名,非常清晰,正是用他那支喜欢的红钢笔。扉页上方是书名:"宁死不屈",依次而下:"(塔拉斯一家)","郭尔巴托夫著","(第三版)"。然后下方是:"外国文书籍出版局出版",再下一行:"一九五一·莫斯科"。

扉页背面是如许文字:"陈昌浩译",下一行:"郭尔巴托夫所著的这部小说《宁死不屈》曾

《宁死不屈》扉页

荣获苏联人民委员会一九四六年颁布的一等斯大林奖金。"

接下来又一页才是正文开始。

这是一部讲述苏联卫国战争的小说,讲述一个最普通的家庭一位老人为保卫祖国抵抗法西斯的动人心魄故事。

回想此书出版的一九五一年,父亲正在大学教书,从复旦到沪江又参加赴朝慰问团。那时,在大学校区的乡间小路上,整天都能听到大喇叭放送的苏联歌曲,那些振奋人心的歌词和旋律,召唤着青年学子去参加军事干校,去保家卫国。而那时正在大学附小念书的我,深受这些苏联歌曲的熏陶。

从歌曲到文学。父亲很早便接触苏联文学。

在他的《回忆鲁迅先生》一文中,曾写道,临近大学毕业之际(约一九三一、一九三二年),就曾想方设法购到鲁迅先生以三闲书屋的名义印出的两部苏联小说《铁流》和《毁灭》。这次,整理书架的时候,我还发现一九四五年出版的西蒙诺夫所著英文本《日日夜夜》,以及高尔基作品的英文版(也是上世纪四十年代的版本)。当然,有着漂亮插图的屠格涅夫及托尔斯泰的英文版著作也很引人注目。因为父亲不懂俄语,所以珍藏的都是英文原著小说,足足超过一大橱。没想到一些俄文名著,他也收藏了那么多的英文版本。

父亲一生遵循的做人准则,便是:不为一己求安乐,但愿众生得离苦。他曾经在写给唐弢先生的字幅以及写给陈小滢(凌叔华之女)的赠言上,都沿用此句话。这一定是他不假思索,从心底流出的。当年,正值建国不久,战火已经蔓延到祖国大门,作为育人的师者,他怎么会无动于衷!

于是,他介绍苏联文学,来鼓励学生。在课堂上,他给

学生讲解苏联短篇小说《永不掉队》,他这样写道:

> 最初读到这篇小说的时候,我还在大学里教书。那时正是我们祖国为了掌握新的军事技术号召青年参加军事干部学校。我和同学们再一次读着这篇作品,我明确地提出来在任何时候谁也不为谁担心,我们要永不掉队。我的学生们——祖国的好儿女们,欢天喜地响应了祖国的号召,离开了他们温暖的家庭,记着永不掉队的誓言,走进了军事干校大门。
>
> 就是这个几千字的短篇,竟给了我们很大的推动的力量,让我把心爱的青年送上了保卫祖国的光荣岗位。而我自己,也深深地记着"永不掉队"的誓言……

在父亲的相册中,我看见在学校登辉堂的大草坪上,父亲与胸前戴着红花,即将奔赴军干校学生的留影。父亲脸上,也与身旁的学生一样,满溢着欢天喜地的笑容。

我把这本破旧的《宁死不屈》抚在手中,小心翻阅。我轻抚书中的两个折页,那是父亲留下的印记。我还看到多处父亲特地用红笔勾出的文字,我一个字一个字地读出来,仿佛听见父亲的心声。我想象当年的父亲,在深夜的灯下,一页页专注地阅读,做笔记;为之感动,为之激励,为之感受那"宁死不屈"的大无畏。这样的气概与父亲做人的准则多么合拍啊!

此刻,在静静的夜里,我读着六十年前的书,想念着我的父亲。

耳畔,杜普雷的大提琴曲"缠绵往事",在缓缓流淌,流淌过日月年轮,流淌过我的心。往事历历在目,如潮如涌……

二〇一三年十一月一日

附记:

最近这些日子,我在整理父亲的访苏日记(一九五六~一九五七),一边找出父亲的《心的歌》一书查阅。不意读到《在诺伏捷维赤耶公墓》一文时,见到有关《宁死不屈》的文字。

我很高兴自己在邂逅这本书时对父亲的推想没有错。现在直接看到父亲的文字,仿佛直接听见父亲的声音。

我把父亲的这段有关《宁死不屈》的文字录下,作为拙文之补充。

当我看到了戈尔巴朵夫的墓,《宁死不屈》中的塔拉斯老人的形象立刻显在我的眼前,他像寒风中的一节老树干,什么力量也不能把他摇撼。当德寇逃走的时候,他上气不接下气地奔跑着,满头飞扬的白发,红涨的脸,他用手杖敲着每户人家的百叶窗,我好像听见了笃、笃、笃的声音,我也听见他的怒吼!

"怎么不关我们的事呢?那末又关谁的事呢?德寇安全跑掉以后,它又会重新来糟蹋我们的性命,吊死我们的孩子!我们决不能让德寇逃走呵,要杀死他们,活埋他们!"

他的胸中怎么能不燃起复仇的火焰,他的眼前一直晃着那个被吊死的纤细的、削瘦的、美丽的娜斯嘉的影子！那是他的孩子，那也是苏联的孩子。多少和平的人民，孩子们，年青的姑娘们被德寇杀死了。

我没有想到，这本年代久远、破损不堪的书，能为我隔空牵起一根与父亲相通的心线，它燃起我心中如许温暖。

二〇一四年十二月二十五日

(原文载《文汇读书周报》二〇一三年十二月二十七日，不包括"附记")

欣见父亲旧作《哈尔滨》

读到江南尘先生的《靳以和哈尔滨》一文时,一方面感叹作者对于父亲如此深刻的了解,感叹他翔实的资料、严谨的文风,以及真诚的感情;另一方面又十分好奇,好奇他引用的父亲的文字怎么于我如此新鲜。父亲写的那篇《哈尔滨》,开初,我以为作者在篇名上漏了一个字,应为《忆哈尔滨》,然翻出一看才知是自己错了。因为那上面的文字是完全不一样的。

我写电邮求助江南尘先生,立即得到他发来的《哈尔滨》全文,我才知道那是父亲于一九三四年六月一日发表在《中学生》杂志第四十六号的《地方印象记——哈尔滨》。但我找不到原文,没有读过。今天,像从天上掉馅饼一般,文章砸在我的眼前,我的欣喜从四围溢满全心。

那是二十三岁的父亲,他刚刚大学毕业,隐姓埋名,穿越沦陷区,第一次来到北国。他去哈尔滨是奉母命探望破产的父亲,正如江南尘先生文中所述,向其父表明自己弃商

**靳以大学毕业后,在哈尔滨。
坐者为靳以,站者为其表兄徐宗泽**

从文的决心。

年轻的父亲,笔下流淌的是一颗年轻透明的心。跟随父亲的文字,我仿佛也到三十年代的哈尔滨走了一遭。我看到用长方形石块铺砌的街路,还与父亲一起倾听着他年轻的脚步:寂静的夜,回声如此清晰。我看到那必须从后面跨上去的"斗子车",父亲意兴阑珊,正挥动着御者的马鞭,指挥着马儿前行。那几句描绘心情的话语:"许多人是不愿意坐那样的车,若是出了事会有更大的危险。我却不怕,友人告诉我几次斗子车从南岗下坡滚下来出事的事情,我还常是一个人偷偷地去乘坐,因为我是最喜欢那车子的。"这些话语读得我心折。还有就是在"夜之街"的段落中,他写道:"在那边遮在树影下的长凳上,也许坐了一对年青人,说着年青人的笨话,做着年青人的笨事。"那两个"笨话"和"笨事",激起我心中无限的感叹,要知道父亲彼时深陷失恋之苦,为了坚持走文学道路,女友随富庶银行官员而去。父亲在此评论别人说笨话做笨事,然自身却不能自拔,仍旧沉溺于"笨笨"之中!

唉,这就是年青,所有人都要经历的呵!

无论如何,在经历了那场哈尔滨大水灾,在与表兄手挽着手涉水去救人,在与大水搏斗,在激流中奋进,在目睹灾难中的人间百态,在行走于两极分化的道里和道外……父亲逐渐走出个人的小天地:"于是我深深地悟到展在我眼前的已不是那狭小的周遭,而是广大无垠的天地。只要我能张开我的眼睛,那将有无穷尽的事物在我眼前涌现。"(靳以:《〈虫蚀〉序》)

江南尘先生对我说:当他在网上发现父亲的这篇《哈尔滨》,他也是欣喜万分。他还说,此文绝对是记述三十年代哈尔滨的珍贵史料。

我很安慰。离世五十又四年的父亲,也一定感到慰藉吧!

二〇一三年九月

(原载《文汇读书周报》二〇一三年十一月二十九日)

寻觅父亲的信

一

写下这六个字,眼前不由得浮现半个世纪前的往事。

一九五九年十一月,父亲靳以于五十岁的生命告别人世。立即,由他的文坛好友孔罗荪先生主持收集他的信件。我当时只是十五岁的少年,对于文稿、信件、遗物,等等完全没有概念,我只是沉浸在失去父亲的悲痛中。当时,孔罗荪先生为了灌输我一些这方面的理念,让我为父亲的著作单行本换算年份:从民国换算公元。记得他告知我,只要加上十一年,就是公元了。因为父亲的大部分著作,版权页上都是民国的年份。也就是在那时,我才得以第一回见到父亲的那近四十本的著作。陈旧的封面,记录着父亲一生的不倦耕耘,也倾注着父亲对文学的挚爱和心血。

我知道孔叔叔在收集父亲的信件,而且已经收集了不少。因为有时与他见面的时候,常会听他向来访的友人征集信件。

而我得知最具体的,是从杨苡阿姨口中。杨阿姨一向有留信的好习惯,她与赵瑞蕻叔叔一起住在南京,在大学执教。更早些时候,刚建国没多久吧,赵叔叔曾被德国大学聘去当教授,所以父亲与他们来往的信件是很多的。我还清楚地记得,他们从德国归来时,路过上海特意来看望我们;记得他们与父亲那些亲密随意的谈话……临走时送了一块德国制的蓝白方格漆面台布,里子是绒的。因为从未见过如此漂亮的台布,我们一直不舍得用,看见了,就想起那次的来访。

第一届文代会途中,(从左至右)唐弢、罗荪、靳以(一九四九年六月)

杨阿姨因与萧珊是西南联大的同窗兼好友,与父亲上世纪四十年代初就相熟,并与萧珊一样,视父亲如大哥。父亲也像大哥般地对待她们。杨阿姨曾告诉我说,虽然亲密程度一样,但仍旧,有些她不敢对巴金先生讲的话,她会对父亲说。

如此亲密的关系,如此珍贵的通信,杨阿姨全都整理了出来,并在一次与孔叔叔的聚会中,亲手交给了他。

杨阿姨对我说,临别时,她又嘱咐一次:可要把信放好啊!孔叔叔指指风衣的口袋,说:放心吧,都在这儿呢。就这样,杨阿姨目送着孔叔叔的背影远去。

可是,谁也没有想到,头脑如此睿智的孔叔叔,却会罹患老年痴呆症。他坐在那儿,把什么都忘得一干二净。

一九九二年我去北京看望他,他虽然认得出我,但已经说不出话,只能简单地呼我小名。临别时,拉着他的手,见他眼角的泪,我什么也说不出来。

孔家大哥和大姐都是我从小相熟的,我求他们为我分别在北京和上海的孔家寓所里寻找父亲的信,几次翻找,都是徒劳。后来,我又亲自钻到他们上海寓所的阁楼上,在一包包杂物中去搜寻,也是一无所获。

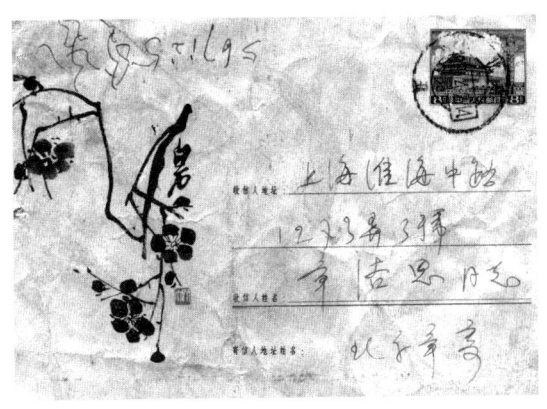

靳以给洁思写信的信封

父亲的信,那么多的信,就像从空气中蒸发了。

二

八十年代中期,忽然接到一封陌生人的来信,写信者是安徽合肥晚报社的王行先生。他在信中说,辗转找了很久,才找到我的单位地址;他告诉我说,虽然他与我不相识,但早在三十年代,他的父亲,王任之先生,曾是一名爱好文学的青年,就与父亲有过书信交往;他的父亲,也有习作,发表在父亲主编的刊物上。虽然建国以后,王任之先生从事医务工作,曾任安徽省卫生厅厅长;虽然在十年浩劫中,他家遭到冲击,许多书信都已一扫而空;但是,最近王行回去老家安徽歙县,竟然在老屋里找到一包信件,其中有二十八封是父亲写给王任之先生的,时间跨度从上世纪三十年代(一九三四年十一月二十七日)至四十年代(一九四六年十月十四日),写信的地点跟随父亲当年的足迹:北平、天津、上海、重庆、南平、上海。

王行先生是从事文字编辑的,他对文学,对父辈,有着非同寻常的感情。他用毛笔字竖写给我的长信中,跳跃着一颗兴奋欢快的心。那时没有电脑,更没有复印设备,他竟然用手抄,把这二十八封信全部抄写下来,再用挂号寄来给我。

不久,他又回到老屋翻找,又找出了父亲于一九四七年十月三十日从上海写给王任之先生的一封信,还有父亲送给王任之先生的《红烛》签名本,扉页上这样写道:"我知道你不会看见这本书的,我也知道你爱散文,所以特意寄你一本,它走了一节遥远的路,希望带给你一点光一点温暖。"父亲在下款上这样写道:"一九四三春天(还是冬天,一月八日)。"

王任之先生起始与父亲通信的年代是一九三四年,当时他还是一个十八岁的青年,取名"英子"。通信中,他把与自己有信件来往的女作家(又是演员)王莹介绍给父亲,父亲从此与王莹相识并成朋友。而当时在北平三座门写作编刊的父亲,又把自己的文友卞之琳、巴金、方敬等人介绍给了英子,所以,在英子(也就是王任之)存留的信件中,也有他们的信件,其中,以王莹的信为最多。

这期间,我的母亲因工作需要,出差福建,到福州看望父亲的老友谢投八先生。投八先生是父亲四十年代初在福建师专任教时的同事,他是艺术系主任,与父亲关系甚好。父亲于一九四四年初离开福建返回重庆复旦后,与他不时有信件往来。投八先生见到母亲,一边感叹父亲如此早就离开人世,一边取出珍藏的父亲信件,并全数赠予母亲。信件虽只七封,但,那战时薄薄的信纸,以及写在上面力透纸背的毛笔字,令我感受到那个年代的强烈气息。

从那时起,我会陆陆续续收到一些陌生人的来信,其中有范泉先生(当时他还在青海),南京的宋元女士……前者给我寄来了两封父亲的复印信件,后者在四十年代后期曾托她在复旦的朋友请父亲为她改稿,她给我寄来珍藏的厚厚一大本稿子,上面有父亲为她批改的字迹,还有父亲与她的通信。

我把信复印了,稿子看了又看,却无法留存,只能把原信和原稿寄回给她。(因为她是要把原件留作纪念的,而当时复印确实困难。)

其实,真正指点我收集父亲信件的人,是父亲的挚友巴金先生。知道父亲的信件丢失以后,他默默有心地替我注意。巴金先生首先拿给我父亲写给长春汽车制造厂两位宣传干事的信,接着,是父亲写给他的幸存几封信,还有父亲一九五四年赴四川从成都写给萧珊的信。他一边给我这些信,一边谆谆对我说:"你爸爸的信已经失散了不少,你一定要把它们收集起来。你爸爸写过许多信,还有笔记、日记,将来一定要想办法为他出一本书信集。"

巴金先生的话,令我懂得收集信件的意义。

今天,我充满感激地回想父亲去世之后,巴金先生对我的种种关怀,以及他对我的多方指点。回想父亲去世之后,他怎样让我一点点懂得收集和整理的重要,并放手让我编辑父亲的选集,让我熟悉父亲的作品。他还常在不经意间,讲述许多与父亲一起有关的小故事。并且,巴金先生让我懂得,只有书,才是纪念父亲的最好方式。

三

日历翻到二〇〇五年。

年中,就有朋友告诉我,在某图书馆,有抄家抢救出来的一大批信件,这些信件中,也有父亲的信,并且不是一两封,而有几十封之多。

我辗转打听,最后,通过朋友的帮助,终于同意让我去看信,那已经是十一月底,十二月份的事了。

当工作人员小心翼翼捧着几个纸夹放到我的面前,我数一数,一共竟然有六十四封。而且,信件保存完好,大部分连信封都完整无损。

这所有的六十四封信,全是写给同一个人的,那就是父亲的大学同窗,康嗣群先生。

所有的信件，全未整理过，年份排列不一，但，全是父亲的笔迹。

因为不允许复印，也不允许拍照，我于是花了整整三天时间，带着面包和矿泉水，坐在馆内拼命抄信，从上午开馆一直到下午闭馆。

康嗣群先生我是认识的。一九五三年，我们跟随父亲进城工作，第一个住所，就是住在康伯伯家的三楼。

令我惊叹的是，康伯伯竟然把父亲给他的几乎所有来信都妥善地保存着，最早的一封信竟然写于一九二九年二月五日，那时父亲刚届二十岁，正是上海复旦大学商学院国际贸易系的一名大学生。

这六十四封信，仿佛跨越了一个年代。光是那些信封、信纸、邮戳，就令我目不暇接，眼界大开。

先说信封。

信封有：天津公园后章缄（红字印刷）、北平北海三座门大街廿一号文学季刊社（铅印）、北平北海三座门大街十四号文学季刊社（黑字铅印）、上海北四川路八五一号文季月刊社（红字印刷）、国民公报文群编辑室（红字印刷）、国立复旦大学（红字印刷）、改进出版社缄电报挂号六六五一（红字印刷）、改进出版社缄福建永

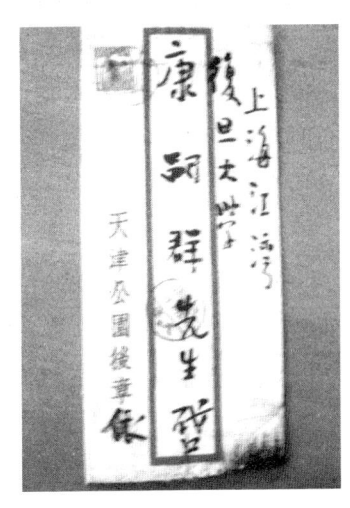

靳以早年写给康嗣群的信封

安民全路廿六号电报挂号六六五一、国立复旦大学校址重庆北碚夏坝电报挂号一七八八（红字印刷）、文化生活出版社上海福州路四三六号电话九五九一三（红字印刷）、文化生活出版社广东分社广州惠福东路惠新东街二十号（红字印刷）、上海商务印书馆东方杂志社缄地址河南中路（红字印刷）、北平章缄、香港章缄、南平章缄、小说月刊社缄上海武进路三〇九弄十二号（红字印刷）、华东作家协会章靳以地址上海巨鹿路六七五号，等等。

信封的背面有通讯处：北碚复旦大学靳以转（红字印刷）、改进出版社的全版广告宣传。还有，几乎是每封信的背面，都有康嗣群先生的英文手书，记录着收信的日期，有些还记着复信日期。

再说那些邮戳。那些邮戳的排列，以及显示出来的字，令我忍不住依样画葫地描画下来。圆形的邮戳一般分三行，第一行是大写的英文字，拼法很奇怪，比如"天津"拼作"TIENTSIN"，"江湾"拼作"KIANGWAN"，"北平"拼作"PEIPING"，等等；第二行是年月日，都是民国年份；第三行是中文。二三两行的排列大都是从右至左。

还有信纸。

父亲所用的信纸，比起信封来更是弥足珍贵。最早从天津发出的，是用爷爷任经理的"哈尔滨天庆仁五金行"的信笺，左侧还排列着电报挂号：哈尔滨〇〇八八、奉天〇〇八八、上海〇〇八四；还有全部用红字印刷在下方左中的：良晨好友社制、章宅用笺，等等。之后父亲使用方格稿纸书写，左下角还有标示：文古斋南纸店原稿纸。再后，就是"文学季刊社用纸"（红字印刷）、"文化生活出版社用笺上海福州路四三六号电话九五九一三号"(红字印刷)、"文化生活出版社便笺"、"文化生活出版社广东分社便笺广州惠福东路惠新东街二十号"、"商务印书馆东方杂志社启事用笺"(红字印刷)、"良友便笺良友图书印刷有限公司上海北四川路八五一号电话四四一八九、四六一二七"(紫红色印刷)、"良友图书印刷有限公司信笺上海北四川路八五一号电话四四一八九"、"开明"稿纸B20×20、"国民公报文群编辑室(页眉)通信处:北碚复旦大学靳以转"(左下)(均红字印刷)、"改进出版社用笺"(红字印刷)、"小说月报社"信笺、"中国作家协会上海分会"(红字印刷),等等。

在重庆北碚时用的信封及信纸,还有些是黄色毛草纸所制,均保存完好。

在这六十四封信中,父亲的信尾署名有三个:依、方叙、靳以。

"依",是父亲早年写诗用的笔名,他也曾以"章依"称之。大学时代,年轻的父亲充满抱负幻想,那时他的信后署名多为"依"。

"方叙",是父亲的学名。章家轮到父亲一代,是"叙"字辈,所以,与父亲早年相熟的人,都习惯称他为"方叙",也就是"章方叙"。

"靳以",是父亲的笔名。父亲自己曾这样说过:"而对着丑恶的现实,抛开诗人的头衔,做一个小说工作者。我甚至于舍弃了我那诗人的署名,另外用了至今一直还在用着的笔名,这个笔名,也代替了我的学名。"这个代替学名的笔名,这个曾发表无数小说散文作品的笔名,就是"靳以"。

四

五十年代初,父亲把自己以往一小部分短篇小说及散文结集出版,取名为《过去的脚印》。

如果说,父亲把自己的作品,比作他"过去的脚印";那么,这些从二十年代至五十年代(父亲于一九五九年去世)所写所存留的信件,又印刻着父亲怎样一步步的脚印呢!

尤其是,当我坐在宽敞安静的图书馆里,一边就着水啃着面包,一边轻轻翻阅这些遥远年代的信。这些经由父亲的手父亲的笔所写下的文字,它们曾经如此亲近如此亲密,它们正从我的指尖一页页滑过,这个时分,我的感觉多么恍惚!我不知道是父亲在对我说话,还是我坐在他的膝头(如我幼时那般)看他写信?还有信中的那些人那些事,犹如电影镜头在我脑海中盘旋。尤其是那些我认识的人。

康嗣群,我称他作康伯伯,是我最为感怀的人。我们曾经住在一个屋檐下,曾经坐在一张长桌子的两端吃饭;他家的泡菜是腌制得最地道的,总是在吃饭时送上一小碟给我们尝鲜。

康伯伯矮矮的个子,大大的头,与康伯母的高高瘦瘦形成鲜明的对照。父亲,与一些熟悉的朋友,习惯在背后唤他"大头白菜"。我不知这个绰号从何而来,但仿佛唤来都很自然。

我们住在他家的三楼。晚饭过后,他常常会一路上楼,一路为我们关闭楼梯的电灯,并与父亲随便聊上几句。

在我出麻疹休养在家的那一个月，他更是常常上楼来，看看我们父女，看看父亲放下笔的间隙与我快乐地游戏。当见到我和父亲笑语不断，他嘴边常挂的一句话，就是："嗨，你们父女俩真是快活！"康伯伯有二子一女，他的大儿子不住在家，不知在外如何游手好闲，我只知道有一回他在一家服装店买了衣服，付不出款，让我的父亲拿钱前去解救他。但他的二儿子和女儿都很循规蹈矩，都很优秀。二儿子是一所大学的哲学系学生，整天伏案读书，聪明过人。女儿那时在高中念书，是康伯伯的最爱，相貌也与康伯伯最为相肖。

康伯伯在银行做事，常常坐三轮车来回（好像他有一辆三轮包车）。他与父亲聊天的话题并不与文学有关。只是，我发现他有一间书房。我之所以对他的书房印象深刻，是因为这间书房隐蔽在他家大客厅的里间，门与墙平，简直像一个密室。我当时是个十岁的孩子，穿梭在童话仙女之中，富于充分的想象力；又因为书房的门总是紧闭着，所以，这间屋子，令我充满好奇。

但总体来说，我印象中的康伯伯，是个整天出入银行与银钱打交道的人，是个与文学文化毫无关联的人。然从这六十四封父亲写给他的信，自青年一直延续到中年，跨越了战争、离乱、颠沛……令我对他的看法彻底改变。在信中，我读到大学生的他与父亲，是怎样做着文学灿烂的梦，在课余假期读书写作，互相交流心得，"为赋新诗强作愁"。虽然他们同为商学院学生，并非学文。而且，从信中，我得知康伯伯写过优美的散文，也办过刊物；后来，他虽在银行做事，但依然尽心尽力，与父亲，以及父亲的文友一起，为他们所忙碌的文学事业,出过不少的力,尤其是在抗战年代。

被信中那些久远的故事和友谊所动,我开始查找康嗣群的资料。

但资料少得可怜。

以下,就我所找到的辑录于此:

> 康嗣群(一九一〇——一九六九)陕西城固人,作家。
>
> 一九二八年,在复旦大学就读时,曾向鲁迅及周作人合办的《语丝》杂志投稿,并刊出作品。
>
> 康嗣群是四川美丰银行经理康星如的儿子,故后在美丰银行任职。
>
> 他于一九三五年二月五日创办《文饭小品》,并任主编,发行人为施蛰存。(康在经济上予以资助。)
>
> 康为《文饭小品》释名:"人要吃饭,文人只能吃'文饭'。'小品'就是清淡,小摆设;干脆地说,是一切并不'伟大'的文艺作品而已,但不负亡国之责。"
>
> 一九四九年八月二十九日至一九五〇年五月许,任文化生活出版社总经理。曾任上海文艺出版社编辑。
>
> "文革"中,在干校插秧时,一头栽倒而去世(高血压?)。

这之前,我已经在《郑振铎日记全编》一书中,读到记录康嗣群的一些文字,读到康怎样利用自己在美丰银行工作之便,为郑振铎先生保留珍本古籍。而在郑一九四八年二月六日的日记中,我还读到这样一行文字:"嗣群有一个规模相当弘大的出版计划,盼望他能够成功也。"

另外,根据信中的线索,我还找出了一九三五年三月出版的《文饭小品》第二期,读到康嗣群先生写的《怀依君》一文。"依君"就是父亲,他与父亲当时各居南北两地,康,因为得知重感情的父亲失恋,又很久得不到父亲的消息,故而写有此文。

读到很抒情很细腻的笔调。在他笔下,"依君是一个北方气质很重的北方人,高高的强健的身材,谁知在那健康色的脸下却正有着一个带着心脏病的心呢!他是热诚的,也许可以说是粗野的,那正是北方人所特有的美的粗野;他忠于艺术正如他忠于人生,也许他在艺术上的命运比在人生上好些,其实也希望他好些,破碎的心上不能再加以压力了"。

"破碎的心",指的是父亲的失恋,因为恋爱的对方康也认识,彼此都是大学同学。大学毕业后,在文学和爱情两者之间,父亲选择了前者,选择了这条清苦的道路。所以康的文中有"这使我们证明了情感和金钱的斗争"的话语。

他们彼此之间曾经是很了解的。

五

二〇〇六年八月三日,我从《文学报》上读到作家樊发稼先生一篇短文,题为《遥远的记忆》。文中,作者详细记述了一九五六年在上海作家协会的爱神花园里,为了即将创刊的《萌芽》杂志,由父亲主持的上海部分青年作者座谈会的实况。樊先生,也就是在那次会上第一次见到父亲。

文章虽短,文字却栩栩如生。

这是我第一次看到父亲的工作画面。当读到父亲是如何愉快地置身于四五十位青年之中,读到他是如何热情和蔼地与他们交谈,并把自己身旁的作家一一介绍给大家,我仿佛也走进当年的爱神花园,看见听见父亲的神态及话语。尤其是,当作者写到因为路远要早退时,父亲站起身来,热情地与他们握手,并亲切地说着:"好的,好的,你先回去吧,夜里太晚了坐不到车啦。"

……

多么形象的文字及画面!

我很感谢樊发稼先生,是他,让我又见父亲,让我见到家庭之外的父亲,让我见到工作状态下的父亲。而父亲的言谈举止,对我多么亲切,与我心中的感觉又多么地吻合!

前不久,当读到傅艾以先生拿给我的,父亲致"左弦(即吴宗锡)"及致"袁定华"的两封信时,我的这种感觉又回到心中。

父亲这封致左弦(写于一九四八年)的信虽短,却含意深切。正如左弦先生本人所述:"……信虽简短,仅只百二三十字,但把他(指父亲——笔者)的思考,为什么不登我的稿子,和登《译诗杂谈》的理由都阐明了,表达了他并不是不支持开展批评,却不赞成太过地对一个人发难,显示了坚持原则和与人为善相统一的宽厚品德。在阐述理由时,带着磋商的口气,完全以朋友平等相待。最后,又说到'我希望你能发表'和'请你原谅我',使人感到亲切、温暖而又谦和。"

那时,父亲正在上海主编《大公报》文艺副刊《星期文艺》。左弦先生这样回忆说:"《星期文艺》每周只出一次,篇幅不多。刊出的稿子,作者署名都用本人签名制版。(后来,靳以先生主编《收获》杂志,仍沿用了这一做法。)我作为一个青年,能经常在上面发表稿件,是深感荣幸的。在此之前,我虽已在其他报刊上发表过作品,但在我看来,其规格、影响都不及章先生编的《星期文艺》。因此,我心目中总把章先生视作第一位发表自己作品的编者而对他抱有一种特殊的感情。加上,他又是我素所爱慕的作家。我对他的来信就弥觉珍贵了。这样,纵使多次因'文祸'交出过日记和书信,又经历了'文革'狂暴的抄家,我还是设法保存了它,并一直珍藏着。"

而那封写给袁定华的信,要长得多。信写于一九五五年十二月十二日,差不多就是樊先生见到父亲的那个年代。

袁定华先生当年是虹口区俱乐部文学创作组的散文组组长,他在一九五五年十二月三日,在上海的人民大舞台,参加市文联与作协联合举办的"文学讲座"。那天正由父亲主讲苏联文学作品《茹尔宾一家》。听后,他就有关小说的一些问题,写信给父亲(大约是十二月六日),父亲于当月十二日作复给他,谈的也都是这部小说的事。

这封信,重现了五十年代中期的时代风貌,青年人的追求;而难能可贵的,是袁先生居然还清楚地记得当年开会的情景,还记得父亲对他说的话:"不要拘谨。你把我当朋友,说话就随便了。事实上,我们已经是朋友了。我是过来人,对青年人求知若渴的心情,深有体会,也很赞赏。今天没时间了,下午我还有个会。这样吧,你有什么问题写信到我单位来,我一定尽快地给你答复。"

这就是此信的由来。

这封信能够经历半个多世纪,留存至今,我想,一方面缘于父亲留给受信人"平易近人的举止,热心助人的胸怀,诲人不倦的精神,言语朴实而感人之深"(原信语)的印象,另方面,也是受信人对自己青年时代的怀恋吧。

六

父亲在世时,曾给人写过无数信。

写信,在父亲的日常生活中,实在是一项不可或缺的内容。

记得一九五四年下半年,父亲曾因不慎摔倒而致右手骨折。缠着石膏的日子,他曾让我坐在他身边教我为他代笔写信。十岁的我,就是在那时学会写信,开信封,等等。而不久,当他自己能够用左手握笔,他也曾用左手给人写过信。

而老《收获》编辑部的菡子阿姨、姚奔叔叔、彭新琪姐、寒星先生,在怀念父亲的同时,都曾不约而同告诉过我,父亲为编辑部定下的几条不成文规定:对作家约稿必须由编委亲自写信或登门拜访;收到稿件后十五天内回复;如拟刊用,提出的修改意见,作为作者订正时的参考,并请赐寄亲笔签名以供制版;如须预支若干稿费,也在编辑部的服务范围之内;发表后负责寄回作者的原稿,以便编者与作者之间相互切磋和稿件由本人妥帖保存;少登或不登编委的稿子,必须登的,放在同类作品的末篇。

这不成文规定的第一条,就提到约稿的亲自写信。对此,多年来父亲早已成为习惯,也一直身体力行。以我所知所见,就有许多。我后来收集到的,父亲从福建南平写给茅盾先生(一九四三年四月二日)、沙汀先生(一九四三年五月七日)的两信,就是此类信。

这样的约稿信何其多也,写给熟人、朋友、学生、文学青年……自一九三三年父亲在当时的北平开始创办《文学季刊》起,就没有间断过。我曾从父亲许多友人的怀念文章中,读到过他们之间的交往通信。方敬先生就曾充满感情地写文回忆说:"靳以热心工作,刊物几乎是他独力编辑,至少他出力最大,什么都亲自动手,写信、约稿、阅稿、改稿、编排,甚至校对、寄单页等。他忘我劳动,从不知疲倦,在百忙中甚得其乐,几十年如一日。他也关心其他的刊物,注意交流和互助,介绍、交换、传递、代约稿子。他极力支持我编附刊,常代约作家和青年作者的作品,大卷大卷地寄来,我把稿费和单页寄给他转发,从不嫌麻烦。"(《红灼灼的美人蕉——忆靳以同志》)

这些交往的通信,在朋友的心中,是温暖的回忆。

此刻,我的面前呈现着那张大大的书桌,桌子中央摆放着一排文房用具:墨水瓶、笔插、信插、镇纸等,都是大理石所制。这些用具是旧货,做工十分粗糙,父亲不知从什么地方觅来,如获至宝摆在自己案头。其实,父亲为自己买东西何其少矣,这许多年来,我第一次见他为自己购置用品,所以,才记忆如此清晰。

这套用具,所有的物件都是两两双份,我尤其记得那两个信插,从中也可见父亲的条理:在一个信插中,插着的是收到而未回复的信；在另一个信插中，插着的是刚写完还未寄出的信。父亲复信的习惯是一口气连写多封，把写完的信插进同一个信插，然后，就把已复过的来信从信插上取出，收进一只黑色的旧公文包中。

那个时候，我因为得重病不能自如行动，每天坐在父亲对面读书。我常常见父亲全神贯注地写信，写完后一封封插进信插，最后，他把这些写完的信全都从插子里取出，把信封翻到背面对齐，露出开口处粘糨糊的边，然后用糨糊刷在封口上，再把信一一封好。他做这些事非常麻利，也非常娴熟；而邮票，也是始终齐备在手边的：四分、八分，这是当时的本地及外地邮资。父亲喜欢买纪念邮票，贴在信封上很好看。

从父亲手里寄出的信，如果都保存下来，一定可以垒成小山。而在父亲的这些信里，也一定蕴藏着许许多多的故事，这些故事，关系到收信人，也关系到他自己。因为，信，是最坦然的文字，尤其像父亲那样，习惯于袒露心胸的人，他在信中，会流露怎样的思想和感情啊！

可惜，那么多的信，都找不见了。

一类收信人，是没有藏信的概念。我，就是此类。虽然父亲去世时我才十五岁，但，我曾收到过父亲许多封信。因为，父亲的工作是活动的，他外出的次数非常之多，少则几天，多则几个月，甚至有多过半年。父亲到佛子岭水库体验生活，曾给我寄来夹着芬芳花瓣的信，那是开在当地满山遍野的杜鹃花。父亲在长春第一汽车厂的三个月，也曾不时给我写信，告诉我生产汽车的最新消息，那是那个年代，全国人民，包括孩子在内都关心的事；他还在信中告诉我他感冒发烧,却一点也不寂寞。因为在汽车厂他遇见复旦执教过的学生,那是一对学生夫妇。那位大姐姐我也认识,她给病中的父亲熬来稀饭,照顾无微不至(此刻我的面前浮现出父亲的面影,伴随着他高兴的话语:"有学生真好,到处都能见到。")。父亲出访苏联时,因为接不到我的信,有点焦虑、疑惑,他把他的挂念,写在信中,还在信封上贴着异国大大美丽的邮票,想让我分享他的旅途。那一回他的挂念真是没有多余,我得了一场大病,从此改变命运。

七

唯一存留下来父亲给我的信,还是写在哥哥的信纸背面。那时哥哥在北京清华大学就读,父亲赴京开会,见到了哥哥"大蜀",也见到了他喜爱的复旦学生"吴姐姐"。很短的信,对我来说,至若珍宝。抄录如下:

南南儿:

因为忙,不另写信给你。我们是六日下午四时坐火车,要在七日下午七时到上海。我的身体很好,可勿念。大蜀见到了,吴姐姐今天也来了。今天是五一节,祝你即日健康!

爸爸

(写信时间估计是在一九五七年的五月一日)

而最令我心痛的,是阅读父亲写给苏联友人克拉拉的那两封信。

上世纪七十年代末,我的父辈,作家吴强带讯给我,说

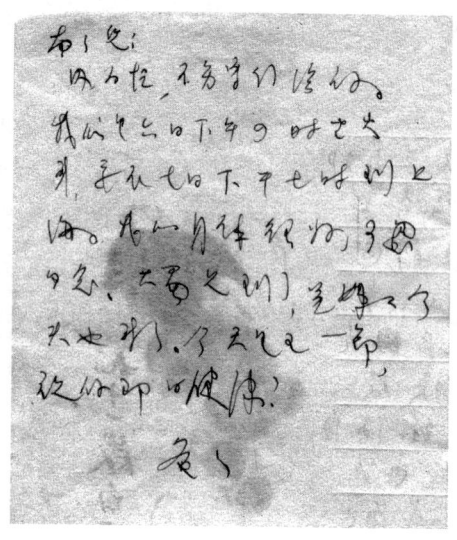

靳以给洁思的信

是在出席市府一个招待会的时候,有一位俄罗斯妇女特地走到他的面前,向他打听作家靳以女儿的近况。

又隔一两年,母校复旦大学一位熟悉的老师,她刚从俄罗斯访问归来,也带来同样问好的口讯,并说对方恳切地请求,一定要把口讯带到。

我很纳闷。我知道俄罗斯有一位妇女在想念着我,但她是谁,我怎么也猜不出。屡次捎来问候,对我简直是个谜。

这个谜,直到八十年代中期才得以解开。一天,翻译家草婴先生给我打来电话,他对我说:克拉拉·克留奇柯娃向你问好。并告诉我,她是我父亲一九五六年访苏时的翻译。

克拉拉,中文名字柯爱华,就是她,一直在惦念我,让人给我带来问好的口讯。

一九九一年,克拉拉访问上海,我们终于在草婴先生家里见了面。

她是位身材纤小,面貌秀美的俄罗斯妇女。一见到我,她就把我紧紧拥住。她轻拍着我的肩,两眼充溢深挚的感情,仿佛与我相熟已久。接着,她郑重地从提包中取出两封父亲写给她的信,作为礼物,嘱我好好珍藏。

就是这两封信,父亲写于一九五七年出访苏联回国后不久。

第一封信,全部都是有关我的病情。列出来的九条是如此详细,连我自己都不记得了。

因为直到父亲出访的尾声,母亲才把我病倒的消息告诉父亲。可以想象父亲得到消息时焦虑悲痛的心情。善解人意的克拉拉,立即取消了一部分活动,并陪同父亲到医院去问询有关的药物、治疗,等等。信中所述的药,就是苏联医生给开的。

第二封信,仍旧写到我的病,写到我的恢复情况。那时父亲还以为我会痊愈,所以语气比较轻松。信中,还写了一些别的内容。

父亲的这两封信,把我带回过去的年月,那对我是充满磨难、难以忘怀的年月。而这两封信,又令我看到自己依傍在父亲身边,体会父爱的日子。父亲,他对我的病的悲痛焦虑,深藏在他的内心,从不在我面前表露。然从他的信,从他对我病历的详细叙述,从他的未言话语,显现了他慈父的内心。

我轻轻抚摸这两封信,抚摸父亲写下的每一个字,我感到心痛难忍。病后三年,依傍在父亲身边的日子历历在目,这是我生命中最艰难的坎。何其有幸,有父亲在我身后扶持,我才终于跨了过去。而父亲,他的扶持仅短短三年,就与我天人永隔。

多年以后,在一沓小小的活页纸片上,不意读到父亲的日记,那是他的访苏日记。在纸片的最后,我读到父亲记述当他得知我病倒的文字。很短,抄录于下:

(一九五六年十二月)三十一日 上午十时起床。

上午与大使馆接头,朱长明同志送来信件等,拆开信,才知道南南病了,自从我走后就病了。我心中非常难过,热泪盈眶。我也不愿意去参观,下午一人在家,想法子和上海通电话。

晚十一时去参加作协的新年晚会,罗苏、组缃也去了。因为兴趣不佳,索然寡味。

(一九五七年一月)二日 晨发琼和南南的信。昨天打电话的时候,忍不住哭了,可是肃琼以为我摔了一跤。十一时,Clara陪我到外文医院见到主任医师,问得很详细,而且说都有特效药,但他怀疑是小儿麻痹症。他对于中国医生的治疗和下药都很满意。

下午没有出去。晚库里克夫妇来,我和罗苏等还到了运动场,看孩子们的枞树节。看到活泼的孩子们,我又想起南南,心境极不快。

(一九五七年一月)五日 昨晚一夜难眠,闭上眼就梦见南南。

(注:南南,是我的小名。罗苏,即孔罗苏;组缃,即吴组缃;他们当时都在苏联。Clara,即克拉拉。肃琼、琼,即陶肃琼,我的母亲。)

最后这一条，一月五日，是父亲访苏日记的结束。

此后，从我与克拉拉见面之后，她每年都有信给我。克拉拉的信热情真挚，信内还常夹着大大的美丽的俄罗斯邮票、美丽的风景画片。这些信，勾起我对父亲无限的怀念和回忆，令我重回我的童年少年时分：坐在父亲身旁代笔写信，望着父亲写信，望着父亲刷糨糊，贴邮票……

父亲的信，我还在寻觅。

但愿，还能从更多的信中，听到父亲温和的声音。

完稿于二〇一〇年二月十一日

（原载《闲话之十：精神探索》，青岛出版社二〇一〇年）

从空气中蒸发的信件

去年年尾,周立民先生送来一个好消息,即父亲写给杨苡阿姨的七封信找到了。他立即把这七封信的整理稿发到了我的 E-mail 信箱,同时包括收藏者方继孝先生讲述的得信的来龙去脉。方先生实在不愧收藏行家,讲得一五一十,有条不紊,详尽至极。

这些信,曾经一直在我的脑海里回旋。

我曾在《寻觅父亲的信》一文中这样写道:

一九五九年十一月,父亲靳以于五十岁的生命告别人世。立即,由他的文坛好友孔罗荪先生主持收集他的信件。

杨阿姨因与萧珊是西南联大的同窗兼好友,与父亲上世纪四十年代初就相熟,并与萧珊一样,视父亲如大哥。父亲也像大哥般地对待她们。杨阿姨曾告诉我说,虽然亲密程度一样,但仍旧,有些她不敢对巴金先生讲的话,她会对父亲说。

如此亲密的关系,如此珍贵的通信,杨阿姨全都整理了出来,并在一次与孔叔叔的聚会中,亲手交给了他。

杨阿姨对我说,临别时,她又嘱咐一次:可要把信放好啊!孔叔叔指指风衣的口袋,说:放心吧,都在这儿呢。就这样,杨阿姨目送着孔叔叔的背影远去。

可是,谁也没有想到,头脑如此睿智的孔叔叔,却会罹患老年痴呆症。他坐在那儿,把什么都忘得一干二净。

一九九二年我去北京看望他,他虽然认得出我,但已经说不出话,只能简单地呼我小名。临别时,拉着他的手,见他眼角的泪,我什么也说不出来。

孔家大哥和大姐都是我从小相熟的,我求他们为我分别在北京和上海的孔家寓所里寻找父亲的信,几次的翻找,都是徒劳。后来,我又亲自钻到他们上海寓所的阁楼上,在一包包杂物中去搜寻,也是一无所获。

父亲的信,那么多的信,就像从空气中蒸发了。

多少年了,寻觅父亲的信多少年了!我已经重起炉灶,再也不去想六十年前的这件往事,只专心自己新的收集,却没曾想会忽然读到这七封信,原想它们早已从空气中蒸发了。

因为信末没写年份,我只能根据内容大约排了排顺序。除了一封写于解放前的以外,一九五五、一九五六、一九五七、一九五八、一九五九年都有信。尤其是那封一九五九年的,信中提到发心脏病住医院的事,估计是第一次发作,那就是六月初参加人民公社集体劳动时急送医院的。此时父亲只是对病随便一提,完全没有意识到这是生命的警钟。在接下来几个月:发作,入院;抢救,出院(笑容满面)。如此循环至十一月,终于没能逃过死神的魔手。

这封信写得那么长,还写到我的腿病。回想当日,每天一早我扶着墙,一步步走进父亲的书房,总是看见他在伏案写作。听见我的脚步,他总会抬起头来,笑眯眯地问我:"今天又能走几步啦?"此情此景,在我心中一刻不能忘怀。

还有就是一九五五年二月二日写的那封短信,述及两个月前摔伤右腕之事。那是从作协的大理石楼梯走下时,因穿着布鞋,不小心滑跌的。之后,作协的大楼梯上,就铺上了地毯。父亲伤后住在广慈医院(现瑞金医院)的骨科大病房里,那个病房特别大,走进去首先看到的是一只高高架在床上的石膏腿,令我第一次探望时被吓了一大跳,以为父亲也会如此形象。然走到他的床前,却不见人影,邻床的叔叔告知说,他串门去了。我找了好几个病房,总算在一间小病房里看见他。

他总是这样,四处交友,住一次院,护士病人都交上了朋友。有一位陈逢萍姐姐,十几岁得了骨结核,躺在病床上行动困难,父亲常去安慰她鼓励她,给她送书。我每次去医院,他都会拉着我的手去看望"陈姐姐",有一回他把自己床头的一捧鲜花也让我带过去。不想两年后我也大病致残,轮到她来安慰我,还亲手给我绣了一对上面有我名字的枕套,非常漂亮。再过三年,父亲离去,陈姐姐还会请她的哥哥来家看望我。

我拣出的一张照片是一九五四年年尾照的:父亲右手缠着石膏绷带去参加华东师大教授林举岱的婚礼。因为他手不方便,所以带我同去。我穿着外婆缝制的新棉衣,站在前排的中间,旁边是曹未风伯伯的女儿。后排最左,就是新郎林举岱,其他几位是我很熟悉的复旦教授崔明奇和贾开基(还有他太太)。崔伯伯好像是数学系的,父亲亲热地唤他"崔胡子",离开复旦后,我们每次回校是一定要去"崔胡子"伯伯家的。

靳以(手托绷带者)与复旦教授参加友人林举岱教授婚礼(一九五四年冬)

往事依依,宛如眼前。

其实我还是很感庆幸。说是信件从空气中蒸发,其实并不切实。因为根据"物质不灭定律",信件总是存在的,或化作纸浆,或化为灰烬,等待再一次造福人类。但今天,它们能够以原貌呈现,并被书贾相中,又被有识的收藏家保存,真是万幸。看到传过来的扫描件是如此模糊,有的字迹如此褪色,毕竟年代久矣。也难为了方继孝先生一字字地辨认整理,的确没有辜负他"觉得很有价值"的想法。

从受信者杨苡阿姨口中听到过许多对于父亲的回忆,杨苡阿姨把父亲当作"无话不谈的人",当作自己的大哥,所以父亲的信写得格外随意,对于身边的好友,也是真诚而言。这些信应该是私密的,但在今天看来,体现了那个时代知识分子的心路历程。那么,就这样原封不动地呈现给历史,呈现给广大读者吧。

二〇一五年一月七日

(原载《天津日报·满庭芳》二〇一五年二月二十五日)

写在一张纸正反面上的两封信

黄裳先生的《珠还记幸》一书中有一篇《宿诺》,讲述父亲为他向张充和先生求字的事。

父亲是一九四九年写信给在美国的张充和先生的,时隔三十多年,父亲早已离世,她忽然见到旧信,想到答应父亲为黄裳先生写字的事还未践诺,于是写了《归去来辞》一篇,托赴美的卞之琳先生带回,同时写了一信给黄裳先生,信中云:

> 黄裳先生:
>
> 奉上拙书一幅,想来你已忘记此事。因靳以四九年的信尚在,非了此愿不可……多年来因不知国人友朋下落,前之琳来美,谈及此事,现在就托他代转了。
>
> 附上靳以信影印本,一叹!
>
> ……

张充和先生是父亲很好的友人，三四十年代，他们交往密切，尤其喜爱听戏，引为知音。据黄裳先生言："靳以是极善于讲故事的，听他讲张充和，就像读一篇小说。"然他们之间的故事，虽没有机会听父亲讲过，但是，远在美国耶鲁大学的张充和先生，已年届九十八高龄，却对往事记忆真切，她对前去看望她的我的妹妹娓娓道来，充满情趣，真是一篇篇如小说般的故事。那是他们年轻的回忆，内中友情，真如黄裳先生文中所说："有一条奇妙的线在牵动着它们，这条线虽然细弱、飘忽，往来无迹，但它牵动的却可能是非常的重量。这在有些人是不可能理解的，也不应该要求他们理解。"所以，张先生的这"一叹！"不仅包含着她内心对往事对故人的不言怀念，亦勾起黄裳先生对父亲的生动回忆，正如同他所说："真不是'一叹'就能了事的。"

关于父亲的这封信，我早已在黄裳先生的书中见到了复印件。然而，没有想到的是，这封信的反面，竟然还有另一封信，是方令孺先生写的。张先生把原信出示给我妹妹，这才发现的。

事隔半个多世纪，原信保存非常完好。在父亲写的那一页角上，还见"1949"的阿拉伯字。我想，这是张先生写上去的，为了年代的记忆。

这样一封短信，张先生能保留至今，其中，不仅隐含着她对朋友的深深情谊，也因她居住国外，才有如此万幸。

至于方令孺先生的这封信，我想除了收信人之外，我是第一个仔细读到的。以前，不是许多人熟悉方先生的，近年来，才陆续有怀念她的文章问世，最近也见到有人收集她的信发表，当然内中无此信。

方令孺先生是父亲的好友。早在一九三八年他们一同在重庆内迁的复旦大学任教时,就从相识而成好友。次年她送给父亲一帧照片,背面写着:"二十八年四月十二日摄于重庆重庆村 是年始识靳以 赠此以作纪念 令孺。"此照还留存在父亲的相册中。

方令孺赠靳以的照片(一九三九)

方先生亦是我家常客。在重庆夏坝的教师宿舍复旦新村,我们家有她的专座,那是家中最好的一把藤靠椅。每次她授完课,就到我家休息、吃饭,并坐在靠椅上与父亲聊天。因为她是看着我出生的,所以她要我称她"大大"(安徽人的外婆称谓),她也不枉"大大"的虚名,每次总不忘带些小玩意儿给我,由此父亲冠她以"老奶奶作风"。她在老家排行第九,所以父亲随她家人称其"九姑",后来父亲的许多朋友在我家与她相遇相识,也跟着一起称其"九姑",巴金先生就是其中之一。他们夫妇在重庆时常常坐上摆渡船来夏坝与我父母相聚,并在我们简陋的家中住上几天。就在那时,他们与来我家休息的方令孺先生邂逅,一同称她"九姑",从此维系终生友情。

写这两封信时,正值一九四九年。父亲在信末,标的日期是四月廿日;方先生在信末,标的日期是五月廿日。不知是谁笔误,还是因为住在郊区,买大面额邮票不方便,所以把信拖延了。

那时父亲与方令孺先生早已随学校从重庆回到上海,校址位于江湾,那时那里完全是一派郊外农田景象,没有商店,交通不便,买东西要到四川北路,校内人均称之"去上海",如同长途跋涉。所以方先生的信中会有买邮票难的说法。

那时我家住的教师宿舍庐山村,对面就是方先生住的徐汇村。四十年代,张充和先生在重庆时,常会上北碚的复旦大学宿舍来看望父亲,每与方先生不期而遇,父亲总会兴致勃勃亲自煮红烧牛肉请大家吃,留下很亲密的回忆。大家都是朋友,故父亲给张先生去信,方令孺先生也立即在反面满满写了一大张,这很自然,因彼此关系融洽,也为方便,又住得近。方先生是很会写信的,她在杭州时,因为父亲去世早,曾与我通过无数封信。可惜我那时年少,没有留信的概念,所以一封信也没有存下。但那时桌上的信插上,经常插着多封"大大"的来信,因为信封一式,又很好看,所以至今栩栩留存脑海。而她寄给我的照片,包括在莫干山疗养院的照片,我全都保存完好。这对于我是永久珍贵的纪念。

行文至此,遂录下半个世纪前,我的两位亲人写在一张纸正反面上两封信的文字,一为重现当年那些纯真的知识分子对未来的向往,也为自己心底的怀念。

父亲靳以致张充和:

充和:

看了你的信,大家都觉得你们还是回来的好。这个大场面你不来看也是可惜的。当初我就以为你的决定是失策,可是没有能说,也不好说。看到你的兴致那么高。有机会还是回来吧。你答应过给"黄裳"写的几个字也没有影子,得便写点寄来吧。我们都好,大家都盼望你回来。

靳以
四月廿日

(一九四九年四月二十日,由上海寄往美国)

方令孺致张充和:

充和:

收到你的信,我就立刻回了一信给你,但是因为乡下没有大邮票,托人到城里去买,等买来了,邮票又涨价,再去买,如此耽搁了这多日子,我再去看,我写给你信,太激情了,恐怕不能安慰,又来促起你思乡之念。充和,我看到你的信流泪了,你不该走,你是过不来美国的日子。你游历一趟也好,还是回来,我们储蓄大堆友情等着你!我读你的信当时感觉就像读一首乌孙公主远嫁的诗。

听说卞之琳回到北平了,还是那样以自我为中心。听说很恨从文,说从文对不起他,而他竟忘了从文对他的好处。从文在生病,你大约知道了。这人也可怜,吃了自己糊涂的苦。我很欢喜这个时代,在中国触着热烈的心,生命都觉得昂扬,飞舞,这是创造的快乐,创造是要从艰苦里挣扎出来,才是有力有声有光的生活。你在那儿,人家把你当作古董看,而且他们(美国人)又懂什么?现在你也不必太急,多把握文字语言,读些书,到大学去听讲,不管听懂不听懂,听多了也就抓到些什么。有人来信说天津现在一反以前都市奢侈而恢复农村的俭苦。是的我们一定要苦一阵,但物质的苦换取精神的快乐多好。我觉得你总是那么生气扑扑的,冷静平常的生活你也过不来。我已写信给伯悌[①]叫她写信给你。只是她太忙,简直少有信给我。充和,我每天实在在想念你! 祝安

Give my best regards to Mr. Fronkle![②]

令孺 五月廿日

(一九四九年五月二十日,由上海寄往美国)

二〇一〇年九月十四日

(原载《文汇读书周报》二〇一〇年十二月十七日)

---

① 方令孺的大女儿。
② 问候傅汉思先生(张充和的丈夫)。

写给自己看的日记

父亲的访苏日记在一九五七年一月五日画上了句号,日记的最后一行字跳在眼前:昨晚一夜难眠,闭上眼就梦见南南。

我握着这些五十年前,已经陈旧泛黄的活页纸片,感到纸片的温热,从手心慢慢弥漫到心底。盈在眼眶的泪,如滂沱大雨,一泻而下。

父亲出访苏联整整五十天,加上在北京(包括火车上)滞留的十二天,这段时间,对于我来说,经历了重病的生与死,经历了人生的一个大的分界线。我仿佛看见,五十年前,在那个飘着金黄叶片的美丽秋天,自己蹦跳着把父亲送到北火车站,然六十天后父亲回返,我已经躺在病床上再也站不起来,从此开始了自己的残疾生涯。

所以,那个秋冬是难以忘怀的。

今天,有幸跟着父亲的脚步,回到那个年代,跟随父亲周游苏联,一同感受异国的人文气息,倾听父亲的呼吸,快乐及感触,沉浸到父亲的世界里,真是我的幸福。

一开始对于这些日记,心里有点惶惑,因为它是绝对私密的,是父亲写给自己看的。一张张普通的小纸片,小而潦草的字体,其中还夹杂着外文,加上那些父亲自己创造的缩写字。我曾经抱怨说,那些外文,有时一个单词的一半是英文,另一半竟然是俄文,真是难以辨认。但朋友提醒我:那是你父亲写给自己看的啊,他怎会想到五十年后你在辨认。

靳以出访日记,分类插在旧信封里

父亲写给自己看的日记,在编辑的鼓励下,我逐一整理并发表了出来。但我心里仍在打鼓,不知别人怎么读,会否喜欢,有否价值。直至我收到报社转过来的几封读者来信,其中一位南京的读者,不仅对我赞扬,还为我填补了空格中的名字,那就是"访苏之七"中的十一月二十七日,父亲在列宁格勒参观民族展览馆时见到的一张中国画的画家的名字:张书旂。最后那个"旂"字,由于自己才疏学浅没有辨认出来。在此,我向这位素昧平生的张增泰先生表示感谢。

一九五七年十二月,父亲的访苏散文集《心的歌》由新文艺出版社出版。"心的歌"是集子中的一个篇名。我从日记上看,该文写于访苏期间的十二月二十六日,两个相恋的人从不同的国度重逢,十分感人。影片中,主人公对祖国的爱,恋人之间不分贫富的爱,朋友之间真诚的情谊及自始至终贯穿全片的主题音乐《心儿在歌唱》……这一切都很符合父亲的性情。对此片,父亲在日记中有两处特别用括弧强调"很动人",见下:"一个妓女同情他,为他要钱,想医治他的眼睛(很动人)。回来的时候,到了自己的土地,老人跪下来,捧着土地亲吻(很动人)。"读到"一个妓女……",立即联想到父亲年轻时的成名作《圣型》,那是描写他在哈尔滨邂逅一位妓女的短篇小说。对于底层的劳苦大众,父亲始终持有一颗同情热爱的柔软的心,他的许多作品(包括小说、散文),如《溺》《伤往》《珠落》《一人班》《渡家》《冬晚》《鸟和树》《散文三试》,等等,都是以他们为主人公,倾注自己内心的情感而写就。记得几年前,我曾听牛汉先生谈《圣型》,他特别强调两个字:"温暖。"他说:

> 大约一九三八年或一九三九年,当时我在陇南山区一所专收战区流亡学生的中学读书,看到了一本叫作《圣型》的小说,也许是散文集,作者靳以……书的内容细节现在完全忘了。但是它给我的感觉却是异常的温暖,而且这温暖,直到半个世纪之后的今天仍然没有冷却,仍温暖地存聚在心里。
>
> 我是冬天读《圣型》的,住在一座破庙里,既孤独又寒冷。靳以作品的语言和情感所酿成的氛围,是那么地柔和而亲切。记得我当时写过一首小诗《灯》,我在诗里写着:"冬天,人们有一盆火,烤手,烤脚。我有一盏灯,在心里,又红,又亮,又热,烤我寒冷的心。"这首

小诗是我在寒夜读《圣型》时即兴写的,我默默地感谢,世界上有个作家叫靳以,他为我寒冷的心送来一盏灯,又红,又亮,又暖。

当时,我有点诧异,不太理解牛汉先生的话。因为《圣型》是一篇充满异国情调的小说,它的地域及主人公的生活与在战时逃难的中学生牛汉先生完全格格不入。但后来逐一读了父亲的众多作品,我才明白。原来父亲从一开始写作就"尽了我的力量写出真的情绪,甚至于在写着的时候把泪落在纸上的时候也有"(《圣型》序)。那么,就不奇怪他笔下的真情会像灯火一样温暖读者的心。

父亲的日记中,有一个频繁出现的名字:Clara,她的全名是克拉拉·克留奇柯娃。她是父亲在苏联访问时的翻译。

早先,我并不认识她。那是在上世纪七十年代末,作家吴强先生捎讯给我,说在一次市府的招待会上,有一位俄罗斯妇女特地走到他面前,向他打听靳以女儿的消息。隔不多久,又有一位母校复旦大学的老师,她刚刚从俄罗斯出访归来,也带来同样问好的口讯,并说对方恳切地请求,一定要把口讯带到。

直到八十年代中期,草婴先生的一个电话才解开了我心中的谜团。草婴先生对我说:"克拉拉·克留奇柯娃向你问好。"并告诉我,她是我父亲靳以一九五六年访苏时的翻译。

原来Clara就是一直在惦着我的那位俄罗斯妇女。

一九九一年,Clara来到上海,我应草婴先生之约,去他家与Clara会面。一见面的紧紧拥抱,立即消除了我们之间的陌生及距离感。Clara手中挥动着父亲写给她的两封信,那是一九五七年的信,她珍藏了三十多年,此番特意带来送我,这真是一份最好的礼物。我们像老朋友一样坐在一起喝茶,吃饭,交谈,这才知道,这么多年来,她一直致力于中苏友好的工作,给予赴苏的中国同胞和留学生不遗余力的帮助。

此后,家中的信箱常有 Clara 的邮件飞来:大大的信封,大而美丽的邮票,信封内总是夹有漂亮的画片,或是几张新出的邮票,或是照片……(她仍把我当作父亲身边的十来岁女孩)。她写汉字,字体端正整齐;尤其是那些充满友谊的话语,通过父亲牵起的红线,连接着我们彼此的心:

> 洁思,我常常想起 1956 年的秋天苏联作家协会接待中国作家代表团的日月。那时,具体做工作的人是作协国际处的一位汉学家,我在东方(学)高等学校的念书时的同学,非常好的人——亚历山大·基什科夫(即萨沙),参加接待的还有我们学校年轻毕业生,也叫萨沙。我们去外地访问时,你的父亲非常想念你,一有空,给我讲了你们家中的情况,印象很深……
>
> 我和从前一样,做一些和中国有关的工作。当然也看书(基本上是回忆录,比方说潘汉年——关于他的回忆等),参加接待人……去年是中华人民共和国成立五十周年,中苏(中俄)友协成立五十周年——我们同中国人一起组织了好多活动。
>
> 写了不少,意犹未尽。再见,我亲爱的人。想念你的克拉拉。

最后一行,是每封信的结尾语。

谢谢您,亲爱的 Clara!谢谢您对父亲诚挚的友情,谢谢您对中国的热爱。

父亲是十一月十五日开始他的访苏行程的,至翌年一月五日,整整五十天。但是,十一月二日他就接到指示要速去北京,于是,立即买好次日的火车票,匆匆赴京,没想到在北京滞留了十一天才得以成行。于是,就有了在北京的日记,记录了父亲为翌年即将创刊的《收获》奔走约稿,也记录了他即将主编这份大型刊物的期许与兴奋。

父亲把这部分日记与在苏联逗留期间的日记一同插入标着"一九五六～五七访问苏联"的信封封套,故我亦按照父亲的分类把这部分北京日记归入访苏日记,作为他访问苏联的前奏。没想到反响极好,说是父亲为文坛留下了《收获》创刊前的可贵记录。

父亲的日记是"写给自己看的日记"。

在我原始的脑海里,日记,本来就是写给自己看的,是自己与自己的对话,是绝对私密的。我从初中开始记日记,就是秉承这样的宗旨。然随着生活经历的积累,发现自己对于"日记"的观念并非普遍。有些人写日记是为了以后的发表,有些人则是写给自己的爱人,或是子女;也有一些人,在日记中标榜自己的"英雄"举止,然后公布于众,从而达到自己的某个政治目的(这样的人我曾目睹)。然父亲的日记是完完全全写给自己看的,在日记中,他留下自己的行止,也不期然流露自己的真情感受。读父亲的日记,我仿佛又回到父亲身边,那些潦草随意的字迹,那么真切贴近我的心。

近半年的时日,我一直在这些泛黄的小小活页纸片中游走,沉浸在父亲的世界里。有时,望着纸片上的一个个圆孔,好像望见父亲的那双大手,拿着鞋带在穿扎。我在一旁看得仔细,感到幸福。

打开我的书架,第一格上还立着那本小小的《中俄会话读本》,六十四开本。这本袖珍读本曾陪伴父亲一路远行,土黄色的封面上留着父亲的亲笔签名,封底及前页上还有父亲密密麻麻的小字。我仔细看,封底空白页上父亲列着出访需带物品的清单:皮大衣、西装、制服、背心、毛衣、毛裤……当看到"手帕"后面写着数字"20"时,我忍不住笑了,立即想起父亲连续打嚏的习惯(我还在一旁为他开玩笑地数数)。至于"墨水",也在所带之列。(当时没有圆珠笔,也没有水笔。)在这些物品前,父亲用红笔打了钩,说明他已确认,这是父亲一贯的条理。

不由想起父亲在世时,每逢母亲出差,都是母亲站在一边,由父亲为她整理衣箱。

我很想念父亲,今年正是他一百零五岁的诞辰。父亲在人世只活了五十年,他不仅在文坛留下许多值得追忆的足迹,也在做人以及生活方面给我留下许多怀念。

感谢文汇读书周报的舒也先生,鼓励我整理出这些日记,给予我纪念父亲的机会。

父亲与自己的对话回响在我心中,难忘"一九五六～一九五七",这个久远的秋冬。

二〇一四年五月十九日完稿

(原载《文汇读书周报》二〇一四年十一月二十八日)

一张旧照片

照片经久泛黄,那黄色的斑点布满陈旧的背景,仿佛是厚厚的风雪,罩在我们的头上。

那是什么地方,我已经说不上来。但多半是在复旦大学当年的教师宿舍徐汇村内。旁边是树,后面一片空旷,那就是徐汇村底部的大片空地,有点萧瑟。

时间是确切的:一九五二年冬。右边是母亲和我,左边是蓝田和她的母亲。蓝田是与我们同一个村的大孩子,她的父亲也是当时复旦大学的教授。

这是一个冷瑟的冬天,不知道母亲怎么会回来,并留下这么一张影。这也是我在一九五二年冬前后的这半年里,留下的唯一一张影像。

我想念徐汇村,想念那个寒冷的冬天,想念那些等待父亲的日子。那罩在头上的厚厚风雪,仿佛与远在鸭绿江对岸的风雪遥相呼应。那里,父亲正在冰天雪地的朝鲜战场慰问志愿军。小小的我祈愿着,呼啸在我耳畔的风雪也能

一张旧照片，右为我与母亲

吹拂到父亲的耳畔，带去我想念的气息。

那半年的日子是简单的。从沪江大学匆匆搬来此地，父亲早已离沪。他是十月六日出国到达朝鲜的，直到十一月十五日回国到天津，见到我的姨妈，才知道我们的家搬在复旦的徐汇村（据父亲日记记载）。我与好保姆顾妈一同守着父亲的这个家，安静度日。而母亲则因为上班路远，基本住在市内的外婆家。

我喜欢那种远离市区的简单生活。跨进家门，到处都是父亲的气息。满屋子的书，父亲的书桌，椅子；小院的花草，还有那扇栅栏门。隔着一条宽宽的土路，对面就是大大方令孺的家。此时，她家只剩保姆秀珍阿姨，大大也与父亲一同赴朝慰问去了。

天不亮，对门的吴小吉就来唤我，我立即跳出热热的被窝，穿戴严实。不出几分钟，我俩已经奔跑在冻得梆硬的国权路上。三窜两窜，我们窜进热闹的菜市场，一下子就站在卖粢饭团的摊子前。一人一分钱,买一团大大的粢饭,热腾腾攥在手里,就往学校走去。我们总是走得特别慢,因为时间太充裕了。走到嘉陵村口,总要停顿一会儿,转几个圈,等后来的小朋友聚多些,再进村。差不多是第一批进校,第一批进课堂。真不知为什么每天要起得这么早。

中午放学回家,顾妈总在村口等我。老远就看见她高高胖胖的身影,举着手在招呼我,手里总有几块花生芝麻糖之类的甜食。她胖,爱吃零食,因而与国权路上唯一的一家小店主熟悉,所以才能买到这些在此地郊区不易见到的糖块。

我并不那么喜欢零食,但我喜欢她粗糙的大手,喜欢她的笑脸,喜欢她唤我的亲热的声音,故此,我更不会拂了她的兴致。我扑上前去,搀着她的手,一路跳进家门。

中午,永远是一碗香喷喷的蛋炒饭摆在面前。因为她知道我爱吃蛋,蛋炒饭是我的佳肴。

我们的生活很简单,但很温馨很快乐。

直到第二年春天,父亲才回来。

父亲像一团火球,立即把家里燃得暖暖的。再加上大大方令孺,父亲的朋友同事学生,来来回回川流不息。感受不到春寒的料峭,却能听见春天的脚步,越来越近了。

二〇一五年一月十四日

足 矣

复旦大学校史馆的Q打来电话,说了一些搜集校史的事,话题自然转到前不久在鲁迅纪念馆召开的父亲靳以的百年纪念和学术研讨会,谈及前来与会的那几位父亲的老学生,谈及父亲在复旦的那些往事。

那些往事,那些老学生所叙述的,为他们刻骨铭心的,关于父亲在复旦的往事,令Q大吃一惊。因为之前,作为校史馆的成员,他从未听说过。他坐在会场上,从头至尾专注地聆听,从上午到傍晚,直至会议结束。

他听到解放前夕父亲如何与学生同心同德,听到父亲如何不怕危险,以教授代表的名义挺身在学生大会上发言,听到父亲主动把复旦自己家的宿舍提供给学生自治会主席(地下党员)住,并请人照顾他的生活,保护他的安全;还让他在居所召开地下党的会议;还有,在物质上,父亲怎样在急需时分,跑到银行把一满袋银圆拿给学生……

是的,就是那位程极明,曾经的学生自治会主席,后来走南闯北任国际学联中国的代表;当我告诉他父亲纪念会的消息时,我对他说,请帖已经寄出,如果没有收到,一定来电告诉我。而他的回答是,就是没有请帖,他也一定会不请自来的。而那位远在广州的陈根棣,说的话更了不得。他说,就是死,他也一定会来参加老师的纪念会。这句话,真说得我心跳。后来,他果然由外甥女陪同,还带着一位小医生,一同乘火车抵达。(生怕心脏病不能承受飞机之旅。)

洁思与父亲的学生在父亲百年纪念会上

还有远在福建永安的尚青,那位年年要写诗奉献父亲灵前的学生,他的心脏刚刚安上人工起搏器,可是他的心早早牵挂在上海。从去年开始,他就在牵挂父亲的纪念日。八月份,我给他寄去自己的拙作《曲终人未散——靳以》,他收到书,立即打电话给上海的出版社,邮购了十本。我很不好意思,所以,等到我编的书《靳以影像》一拿到手,立即给他寄去了四本。邮路慢,我寄的又是普通印刷品,没有挂号,这下把他急的。原以为不挂号省得他上邮局,结果他几次亲自上邮局查询。直到那天,他一收到书就兴奋地给我来电,说是一早就在家门口等,终于把书等来了。

……

这些八十多岁的父亲的老学生,每每弄得我泪水涟涟。他们充满深情的诗句,回旋在我脑海,萦绕在我心头。那首《遥望星空的思念》(崇青作),刚读了开头,就禁不住泪流满面:

记忆的小河从心中流过/怀念的泪珠从笔端滴落/祈求岁月的风慢慢地吹/让我从容写完这支歌/靳以师百岁诞辰/在企盼等待中来临/靳以师百岁却分成两边/一半在人间一半在天上……

记忆的小河在我心中千遍万遍地流淌,怀念的泪珠一直蓄满我的心头,因为我的记忆我的怀念是我一生至爱的父亲;而他们,仅仅与父亲是师生关系。自父亲五十年前离世,就对他们再也不能给予:不能为他们批改习作,不能为他们推荐文章,不能与他们促膝谈心,不能同他们讨论问题,不能替他们解决困难……然而,他们对父亲的怀念如此深沉,如此绵长,一丝一毫也不亚于我!

那几位一九四七年进入复旦的青年,一九四九年就参军南下,远离上海,扎根边远。去年,他们出版了一本厚厚的大书《南下的1.1》,寄来给我。封面上,是一张张年轻稚气的笑脸。正是他们,把自己的青春,乃至一生,献给了当时年轻的祖国。他们中许多人多才多艺,能诗会画,写得一手好字。他们中有的出身富裕家庭,却义无反顾,投向贫苦。父亲与这些学生同心同德,一九五二年赴朝慰问回国,在南方作巡回报告时,忙中不忘与他们见面。平时更是通信不断,经常牵挂。

在会场上的Q,看到这些老学生与我们亲密无间,犹如家人,他又一次惊讶万分。他惊讶师生情的如此演变。是啊,陈、程、嵩,包括已在天上陪伴父亲的姚奔、邹荻帆……他们都是我的大哥,我的兄长。在我们之间,串连着一条胜过血缘的纽带,这纽带,就是我的父亲。

在复旦前后执教十余年的父亲,虽然同时还有三十二年献身文学的生涯,但对于他短暂五十年的生命,身后有如许钟情的学生,父亲此生足矣!

写于二〇〇九年十一月十三日

(原载《文汇报·笔会》二〇〇九年十二月十八日)

长长的流水

我,如常坐在电脑面前,全神贯注在键盘上打字。仿佛一扭头,就能见到母亲笑盈盈的脸,就能听到母亲呼唤我的声音。然而,此刻我扭头却望见母亲在墙上笑盈盈地看着我,没有任何声息,也不会再发声。我的心,忽然悲痛如绞,与母亲相伴的长长日子历历涌上心头,却永远不能回来。这就是天人永隔,母亲,你又在哪里?

八个月了,整整八个月!我孤独的心时常游离在长长的岁月中寻找。有时在梦中,我看见母亲向我走来,一如以往吩咐我做这做那,如常的神态,与平时毫无二致。然翌日醒来,母亲早已无影无踪,只留下墙上她的笑容。

这张照片是如此明朗,如此阳光,令所有望见的人都无法悲伤。它摄于三年前的一个清明节,在龙华烈士陵园。每年,我们都会在这个日子来这里看望父亲,而每年,这也正是桃花盛开的时节。记得那年桃花开得特别好,我们祭拜过父亲之后,就沿着陵园的大道往正门走去,道路一侧排列着一座座烈士墓,浅浅的石阶通向高处。母亲喜欢跑上跑下去观看墓碑上的人名。阳光是如此灿烂,天空是如此蔚蓝,母亲的脚步是如此轻盈,花朵的香味飘洒在空中。临近正门,只见左右两旁桃花丛丛怒放,母亲一闪身进入花丛中间,立即回过身向我们微笑,于是留下这张照片的定格。

母亲在想什么?是什么温暖着母亲的心?是否因为此地离父亲最近,是否因为这里的鸟语花香唤醒了母亲年轻时代的记忆,那些与父亲生活在一起的温暖岁月?

父母结婚照(摄于重庆)

五十岁的父亲离世之际母亲只有四十一岁。没有父亲的日子长如流水,又充满坎坷。记得父亲突然离世,三岁的妹妹在外婆一跨进门就稚气地告知这个噩耗,一向坚强的外婆顿时倒地——就在门口这块水门汀地。这个情景实在出乎我的意料,因此永久印刻我的心版。外婆生于民国,历经无数生活磨难,眼观无数世态炎凉,她在我心目中坚不可摧。外婆的确坚强,我见她立即从地上站起,拉着母亲坐到身边,紧紧靠着她,仿佛要给突遭不幸的母亲注入力量;与此同时,外婆口中反复念叨:记住,我们家的人要从一而终,从一而终……

母亲苍白的脸如此严肃。她果然没有再婚,守着我们三个,度着长长的日子。我们兄妹三个:除了前述的妹妹年仅三岁,哥哥正在清华大学求学,而我,此刻大病致残已然三年,生活不能自理,只能扶着他人的肩膀才能站立挪步。

回溯母亲的一生,她生于小康之家,十九岁认识父亲,在烽火连天的抗战年代,正值她高中毕业。为了不当亡国奴,她勇敢地跟随父亲出走内地。我用"出走"两字,一点儿也没夸张。因为,当年停泊在黄浦江上的"太古号"轮,轮上的扩音喇叭确实大声响了又响,传送外公寻找母亲的声音。

母亲告诉我说,那时她吓得在船舱内一动也不敢动,还好身边有三个人为她壮胆:那就是母亲的同窗好友陈蕴珍(萧珊),父亲,还有就是父亲的好友巴金,后来与萧珊结为伴侣的。

母亲喜欢看书。九十年代初我的一位朋友写了一本有关王映霞的书,送来给我,母亲先睹为快,读完大为感慨。那天她与我一同前往华东医院看望正在住院的巴金时,突然抬头对巴金说道:"李先生(母亲从年轻时一直叫惯的称呼),我和陈蕴珍还好遇见的是靳以和你,如果遇到像郁达夫那样的文人,没有'家'的责任感,说走就走,我们又该怎么办!唉,这样想想,我俩真是太幸运了。"

记得巴金听了此话笑了,仿佛面对着的还是那个二十

从左至右：巴金、萧珊、靳以、陶肃琼
（武康路 113 号巴金家，一九五五年秋）

岁离家出走的天真姑娘，母亲也禁不住微笑着。他们的思绪，或许又回到当年船上那大胆的一幕，那是他们难忘的年轻时代啊。

母亲是幸运的。她一生没受过多少苦，父亲对她呵护有加。就是在一九四〇年代重庆轰炸最厉害的日子，父亲抱着刚出世的哥哥躲过了炸弹，就安排母亲携哥哥回上海。几年之后，父亲已在福建师专任教，母亲才直接去的南平。

福建小山村的生活异常艰苦。这些艰苦，我从未听父亲自己说起过。相反，他住在学校安排的树屋里，嚼着掺沙的霉米，听着风声鸟声水声，写着许多篇优美的散文。但母亲告知说，她头一天到达，见鸭子在屋内大摇大摆穿行，与大上海的生活形成强烈反差。然至夜间,狼在屋外整夜嚎叫,吓得母亲不敢入睡。但父亲就在身边,父亲宽阔的臂膀保护着母亲,父亲的开朗与乐观更是难能可贵的珍宝。在一九四四年初父母离开南平回返重庆前与福建学生的合影上,我见到清瘦的父亲和母亲的笑容,仿佛听见父亲对母亲的不断安慰:"不要抱怨,不要抱怨!"这样的安慰,在我童年少年的记忆中,经常回响。

父亲在世的日子,他做到没有让母亲"抱怨"。家中里里外外,父亲都一手承担。白天忙于工作,一到晚上八时,父亲就会走进卧房,轻轻地对我们说:"睡吧!"常常还会用他的大手覆住我的眼睛,然后为母亲关上台灯,带上门,回到书房写作。我常觉得,父亲对母亲的呵护,就像对自己的孩子一样。有时他大声唤我:"南南儿啊!"也会玩笑地拖上一句:"肃琼儿啊!"

于是,母亲就可以把全心都放到工作上。不能说她非常热爱工作,但她有独立的意愿。对工作,她就像一名好学生,全心投入,非常认真。解放初期,华东工业建筑设计院建院初,母亲作为最早的员工,先是从事会计,后来计划管理缺人,她立即补课转向。我记得,那些星期日,母亲都请内行的姨夫为她补课讲解;记得,学习中的母亲,是非常专注并旁若无人的。

而母亲那些无穷尽加班的日子,留下的是我和父亲趴在窗前苦苦等待,那些黄昏黑夜,曾经留给孩提的我心中些许苦涩。

母亲的一生,经常挂在她嘴上的是:"我是职业妇女。"无论父亲收入好否,她都要外出工作,求得独立。她的工

长长的流水

作,相对父亲的工作而言,也完全是独立的。她不介入父亲的文学圈子。她曾经有过让父亲安排工作的想法,但那只是一瞬,并且立即被父亲否决。公私分明,这一点,对父亲来说是丝毫不能含糊的。母亲很能理解,她与父亲有着共识,之后一直靠自身的努力开拓自己的事业之路。

在工作上,她很成功。我记得,就在她怀着我的妹妹快要临盆之际,她还被派出差北京,一点儿也不胆怯。我还记得,有一回,正巧父亲赴京开会,母亲从北京回返,他们在浦口车站(当时火车需在那里转换)匆匆相会,成为朋友们的笑谈。

父亲离世之后,母亲的悲痛曾经一次次爆发。她大口吐血,几次住院,最后,终于坚强地站立起来。

母亲是个务实的人,是个非常理智的人,是个坚持独立的人,这一点,在父亲走后,我们更能明显地感觉到。虽然萧珊干妈曾经埋怨她,说是父亲一走,母亲就立即紧缩房间,把家里的房间,尤其是父亲的书房(兼卧房)搬得面目全非,令她与巴金看了感到很不是滋味,但我后来就理解了。因为理智的母亲对将来看得很远,以她的性格,她从来不会想到去依靠别人,而且她懂得世态炎凉,她要把我们三个孩子拉扯大,她就要考虑许多经济上的问题。她是对的。

当时,我的哥哥还在清华大学求学,我和妹妹在母亲身边。我十五岁,病残。妹妹三岁,尚不懂事。

回想这段艰难的时刻,至今,我仍然内心充满无比感激,感激母亲在当时对我的前途所作的重大决定。

母亲的决定是要我复学。无论我的病腿还不能走出家门,无论我的学业还相差许多,但,她坚信复学是必走之路。

就这样,我通过收音机补完自学广播的课程,克服病体的重重困难,拄着双拐,以同等学力考入母校高中,踏出自强的第一步。

母亲很久以后告诉我,父亲在世时,他们曾不止一次讨论过我的病,我的将来。父亲对我爱至深切,他的爱如同一只大鸟,想要把我保护在他宽大的羽翼下。他不愿意让任何艰难困苦落到我的身上,让我去承受。他对母亲说,他会养活我一辈子。我知道,父亲是个性情中人,他还没有从我活蹦乱跳的情景中解脱,他一直沉浸在对我突然病残的悲伤之中,这从我后来读到他的日记信件得以证实。而母亲,她与父亲的想法迥然不同,她正视我的病残,认为一定要让我学会一技之长,以备将来能够自己养活自己。事实证明,母亲的想法是正确的。因为,人生无常,连父亲自己也没能料到,他这么早就撒手人寰,留下母亲带着我们独自应对一切。

我沿着母亲坚持的路一步步向前走去,与此同时,母亲的独立意识在我脑中逐渐潜移默化,从此影响我的一生。

很快就经历了三年自然灾害,外婆拿酱油泡胡萝卜给我们当菜。饭,总是不够吃。那年寒假哥哥回沪,我们全家一同上照相馆拍了张照。照片上的我们,个个浮肿,尤其是我,肿得更加厉害。但我们在一起很快乐,彼此和睦,互相关爱。记得哥哥回校时,母亲给了他一小罐好不容易弄到的沙丁鱼罐头,哥哥推辞了几次,无奈还是带上了。然等他走后,母亲回头一看,小小的罐头仍然留在桌上。母亲心里一定倍感温暖。

十年浩劫之中,母亲与许多人一样,遭遇不堪磨难。身为中层干部的她,不仅要接受本单位的批斗挂牌,还不时被召去陪斗父亲的文坛老友。而最令母亲痛彻心肺的是,我的小姨,因不堪凌辱,跳入黄浦江自尽。母亲眼睁睁看着小姨被江水泡得肿胀的身体,看着她额头上大大的青紫伤痕,看着她的遗体被粗暴运走,满腔悲痛不能宣泄。因为她还要面对年迈的老母及小姨留下的一双年幼的儿女。(我的小姨夫早在运动初期就不明不白离世。)而这之前,小姨每天下班就直奔我家,向母亲哭诉她白天在学校(小姨是一所中学的教导主任)受到的凌辱。母亲虽然日子也不好过,但她对小姨总是百般劝慰。只有那一天,母亲自己被逼写检查,一个疏忽未与小姨多谈;也就是那一天,发生了痛彻心肺的惨剧。

还有母亲的中学同窗好友萧珊,她俩从天真的少女时代就结下深深的友情:一同组织学生会的活动,一同去请来名作家巴金、李健吾到校作报告,一同志愿去当伤兵员的护理……以往蒲石路的外婆家,萧珊银铃般的笑声总是串串不断。昔日霞飞路的马路上,亦常能见到两个年轻的女孩,一个身着旗袍(母亲)一个身着短裙(萧珊),她们手牵着手大声谈笑穿行。一次她俩被酒醉的外国水兵追赶,萧珊把母亲带到巴金所在的文化生活出版社躲避,就这样母亲认识了巴金,此后,热心的萧珊又把母亲介绍给巴金的好友我的父亲。之后,他们四人一同离开孤岛上海,胜利后又回沪重逢。在漫长的人生路上,她们从未中断友谊。几乎每天,萧珊都会在我家出现;几乎每个周日,她都会与母亲一起坐在卧房的那张长沙发上,知心话儿不断,仿佛彼此又回到中学年代。父亲去世的公祭会上,萧珊站在灵前家属的位置上,向前来吊唁的人鞠躬回礼,让母亲可以在父亲身边多陪伴片刻;母亲生病吐血又是萧珊忙里忙外把她送进医院……长长的友谊如同长长的流水,绵延不绝。母亲不是广结朋友的类型,萧珊可以说是她唯一的挚友。然这场疯狂的浩劫切断了她们的来往,纵使友谊早已在她们心中生根。母亲只能远远望着好友独自背负黑老 K、臭婆娘的恶名,望着好友惨遭皮鞭毒打,望着好友在街上扫地被路人吐唾沫,直至得知萧珊便血罹患癌症。母亲内心的痛终于在她们最后一次见面时得到爆发。那个春天阴暗的夜晚,当萧珊听见母亲的声音,从病床上奔到门厅,她们紧紧搂抱在一起撕心裂肺痛哭,这时,母亲的心一定鲜血淋漓。我站在一边看着这番情景,心中也是痛楚难当。永远也忘不了一九七二年的这一个夜晚,发生在上海武康路 113 号门厅中的这一幕。当她们终于平静下来,母亲环顾四周,哽咽地问道:"李先生呢?"萧珊答说:"怕影响你们,他避开了。"母亲立即连说:"快请他出来!快请他出来!"于是,巴金缓缓从厨房侧门走出,四周的空气仿佛凝固了一般。

萧珊终于没有等到乌云驱散的一天,母亲终于失去了她一生中唯一的好友。

母亲退休很晚,她一直在工作,奋力工作。我想,她是以工作来寻求自己生命的意义。

母亲去世后,我整理她的抽屉,发现零散的纸张,上面有她的片言只语,字迹歪歪扭扭,看出是前年(二〇〇九年)写的,那时她已手抖不太会写字。二〇〇九年是父亲去世五十周年诞辰一百周年纪念,上海作协为父亲印了精美的书,鲁迅纪念馆为父亲开了隆重的纪念会。那些日子,我忙着跑出版社,跑作协,联系有关事宜。每次外出前,我都要附在她耳旁大声说:"我去为爸爸做事,你在家一定好好的,千万不要摔跤!"那时母亲已经行动迟缓,一不小心就会摔跤。她不仅耳朵有点失聪,而且开始出现老年痴呆症状。说也奇怪,那几次,每当我办好事匆匆赶回,母亲总是安静地坐在那里等着。我心里庆幸,在她迟缓的脑中,听懂了我对她说的话:"我去为爸爸做事!"

我看她写的那些断断续续的文字:"感谢领导对靳以的关怀……南南对爸爸感情深,她买了许多照相本,把她爸爸的照片重新弄过……她整理了许多爸爸的文章,她很辛苦……"

原来我做的一切母亲都看在眼里!我坐在电脑前,她坐在圆桌旁,她看着我忙碌。有时,我会把她的轮椅推过来,让她看我为父亲做的 PPS,当她看见自己与父亲一起年轻时的照片,她高兴地笑着,指着照片对我说:"这就是我呀!"

母亲爱照相,留下许多相册。纸片上她那歪歪扭扭的字,特别提到照片之事,令我十分内疚。今天回想,如若当时,我也坐在圆桌旁,买许多新的相册,摊在桌上,为她整理照片,她会怎样高兴啊!但一切再不可能重来。

这些天,我在为母亲做 PPS,母亲在墙上微笑地看我。我挑选照片,把照片扫描,再一张张放进电脑。这工作很难,因为四周俱寂,再也听不到母亲的回应,只有长长的忆念,哽塞我的心头,令我不时中断我的制作。

昨天晚上,我接到一个陌生来电,是北京的长途。我听了好一会才明白对方是父亲的学生严琬宜的女儿,因为我知道琬宜阿姨早几年就走了,她与父亲的另一位学生谭家昆是好朋友,她们与母亲也是同一时期在重庆复旦的同学。解放初期,她们都在北京《大公报》任职,与父亲往来十分密切。琬宜阿姨的女儿在电话里口口声声问我:"陶阿姨可好?"并告知是苑茵让她来电问候。又听一个陌生名字,我一时脑海空白,倏忽想起母亲的小书架中那本苑茵阿姨(即叶君健夫人)的《往事重温》,母亲曾如何欣喜地捧读,还逢人便说:"这是我同学写的。"更想起二〇〇二年那个春夏之日,在北京北海的五龙亭,满头白发然高大神气的苑茵阿姨,与母亲亲热地拥抱,两人还凑在耳边,互说悄悄话,俨然又回到少女时代。那些如此自然的照片,居然被我的堂弟一一拍了下来。难忘的战乱,难忘的离家,难忘的求学,又有多少故事,在母亲这一代人心中回旋!

那个老鼠咬断蚊帐勾绳的事,被母亲讲述得惟妙惟肖。母亲说,那是刚到重庆复旦不久的事,学校的女生宿舍好像是在一座寺庙里。一天,母亲辗转反侧入梦不久,就被重物紧压身上吓得大叫,以为有坏人入屋,一看竟然是蚊帐掉下压在身上,原来是内地肆虐的老鼠,把蚊帐的勾绳咬断了。"还有老鼠把邻居孩子的鼻子咬掉的啊!"母亲又补了一句。

当然,开心的事也不少,尤其是"马家的椒盐排骨"。马家,就是马宗融教授的家。她和苑茵都选了马教授的课,后者更是父亲的好友。母亲与父亲一起经常出入马家。马宗融虽是回族,但猪肉不忌,每当发了薪水,便买来许多排骨,让马太太做上许多椒盐排骨,让朋友、学生分享。刚炸好的排骨放在大大的铁丝匾筐里,如小山般高,足见主人的豪爽侠义。

那时的学生与教授情同家人,许多心里话,都会跑去诉说。而苑茵阿姨与叶君健先生的媒,也是马教授牵的。他们的故事,母亲也曾说给我们听。

学生之于父亲,亦是如此。母亲曾不止一次感叹地对我说,你父亲的学生对他真是好。我问,怎么好呀,答曰,如果来访,只要见你父亲在伏案写作,绝对不会上前打扰。

"他们轻轻地坐在一边,直到你爸爸放下笔,才去招呼。"母亲尤其提到谭家昆、严琬宜的名字。

后来便是重庆大轰炸,轰炸又扩展到黄桷树镇的复旦大学。母亲遭遇了黄桷树镇的第一次大轰炸,那天恰逢我哥哥满月,母亲随着父亲穿过王家花园躲避,一刹间经历了生离死别。复旦教务长孙寒冰,也是父亲的师长与朋友,在前一刻还与父亲对话,后一刻即远离尘世。那天母亲为了庆贺哥哥满月,一早煮好一只鸭子,刚刚放到桌上就听警报拉响,待到母亲回到家中,桌上的鸭子早已蒙上厚厚黑土。

……

哦,母亲的生命历程,犹如长长的流水,一路流淌过来,整整九十二年,丰富多彩而充实。

她最后的几个月,忽然一反几十年说惯的上海话,说起国语来,还会天天呼唤儿时身边的家人。我想,在她模糊的意识中,一定回到过去,回到与父亲一起生活的时光(因为父亲不会说上海话,那时家里的语言是普通话),回到她的童年往昔。

我为母亲庆幸,因为母亲的幸福。她面带微笑安详地躺在自己的床上,任魂魄驰骋远方,不带一丝一毫遗憾。她从自己的家出发,飞向另一个世界:飞向父亲,飞向她始终牵挂的小妹,飞向她一生的挚友萧珊,飞向她的许许多多亲人和朋友!

始写于二〇一一年十月
完稿于二〇一二年二月母亲周年日
(原载《香港文学》二〇一二年五月号,又载《散文·海外版》二〇一三年第一期)

二 辑

读旧信有感

在翻找杂志之际,不意一册《新文学史料》跳入眼帘,那是一九八六年的第一期,扉页上方写着这样一行小字:

洁思同志留存　王行 八六,三,四。

王行是英子的儿子。英子是三十年代时期的一名文学爱好者,也曾在当时的报刊杂志上发表过一些散文、小说和杂文。在三四十年代,他曾与巴金、王莹、卞之琳、臧克家、方敬、丽尼、萧军,以及我的父亲靳以有过书信往来。王行之所以送我这册《史料》,是因为由他整理的王莹写给英子的信,就刊登在上面。

我不由得怀想起八十年代中期,我与这位素昧平生的英子的后人,通信交往的点点滴滴。

他通过艰难的途径找到了我,他在安徽合肥,我在上海。他花了很大的精力为我复印和翻拍了我父亲写给英子的那些信件,甚至还给我寄来父亲当年馈赠英子他自己著作的扉页题词(很珍贵)。他做这些事非常细致,这在当时复印和翻拍并不通行的年代,确实难为他了。

这册《史料》共收王莹致英子信三十九封。一九八六年收到杂志时,我已细细读过。今天,《史料》已经变旧泛黄,我摩挲在手,又轻轻打开它,倾听往日的足音。

在北平西山。左起:靳以、萧乾、
张宗和、不详、张兆和、张充和(一九三五)

在这些信中,王莹有多处写到父亲:

"国内的作家我喜欢张天翼,靳以也相当喜欢……"(一九三四年九月三十日)

"北方的人都素朴得使人敬爱,靳以也是一个具有伟大性格的好人……"(一九三五年十月)

"靳以四月间会到上海来的,那时如果你不太忙,希望你能再来上海一次,看一看这个朋友是很值得纪念的,他在上海不会久留的,他太好了,我很喜欢他

的。"(一九三六年三月五日)

"靳以已经很久没有见着,也没有通音问了,卞之琳到上海的事我不知道。靳以是一个十分好的好人,然而为了自己走的路和他隔离得太远,虽然喜欢他这样的一个友人,也以为少接近的好。人与人之间的关系,有时是非常奇妙的。"(一九三六年八月五日)

"靳以常写信给你吗?他最近要去北方……"(一九三七年)

"四五个月前,我因事去重庆一次,靳以还似过去似地热诚地接待我……"(一九四二年十月四日)

这些柔柔的话语,从空中轻轻飘来,萦绕在我耳际。我从没见过王莹,为什么会有这"柔柔"的感觉?是从小喜欢翻看父亲的那本简陋的相册,相册上有几帧王莹的大幅照片,照片正面的右边还写着馈赠的字样?幼时的我曾好奇地问过父亲:"那是谁?怎会有照得那么艺术的照片?"父亲告诉我,她是位演员,是很好的友人。因为上面有馈赠的字样,所以我记住了她的名字:"王莹。"

手边还有一封翻检出来的旧信,是三年前黄源先生的夫人巴一熔女士写给我的。那时黄源先生正住医院,他们从一位朋友的后人处得到我们的消息,立即欣喜地写信给我。前不久,因鲁迅纪念馆为纪念黄源先生诞辰一百周年,要出纪念集征稿,为此我把它找出来,准备写稿用。

今天重读此信,仍像当日捧读一样倍感亲切。信中以大段语句回忆了他们与父亲的友情、交往,巴一熔女士在信中说道:"……但同时,我们也想起了您爸爸的种种友情,使我们深深地怀念,情不自禁地热泪满眶。"而此刻,读信的我,如当日接到信一样,也情不自禁地热泪满眶了。

信中这样叙述:

在三十年代黄源和靳以就是文坛好友,在黄源编的刊物上发表了多篇靳以的作品。解放后,黄源穿着军装去看靳以,靳以热烈欢迎。靳以满腔热情参加各项文化活动,并对黄源个人生活非常关怀,好像要尽力帮助黄源弥补在十一年战场上带来的艰苦和贫乏。他首先送给黄源一块表,长方形的表形金色的颜色,黄色皮表带。这只表黄源带(戴)了很多年,直到孙子黄小华上中学没有表,送给了孙子。靳以看见黄源穿着布鞋,又送了一双黄色厚底皮鞋给他,这双鞋一直穿到浙江来,要不是动乱,这两件礼物已成了珍贵的文物。如今在动乱中已不知去向,但它们仍在我们心中。

一九五〇年我从济南华东大学来到上海,您的爸妈专门请我和黄源吃西餐。我猜他们的心思是让我这个女兵开开眼界尝尝外国菜。我还记得您的爸爸坐在一旁笑眯眯地看着我吃,自己却不大动刀叉,好像是专门慰劳我似的,一个劲地把盆子向我面前推,劝我多吃些。

……

是什么勾起了我读旧信如此多的感触?是因为今年逢到了父亲辞世四十五周年,还是再过不久,就是父亲整整九十五的诞辰?抑或因为前几天,听说远在大洋彼岸美国耶鲁大学的张充和女士（沈从文先生的妻妹），以她九十岁的高龄，还清晰地记得："你爸爸比我大五岁，他今年九十五了。"她的回忆是如此清晰：当年，在家中排行五个弟弟之上的父亲，不仅是家中的大哥，也是许多比他年幼朋友的大哥。他就像大哥一样给予所有朋友自己的关爱，张家的姐妹也在其中（因他与沈从文相熟）。张充和女士回忆了许多年轻时代与大哥（父亲）交往的往事和细节，她的记忆力出奇地好，温馨的表情时不时溢开在她慈和的脸上。她还执意把我那在耶鲁读书的外甥叫到跟前，并让人把面前的盆花移开，然后仔仔细细地端详，想找到父亲的影子。当她把这个身高超过一米八〇的大男孩拥在怀里，她的思绪又飞向何方？

父亲已经辞世整整四十五年。这四十五年里，每个清明、每个忌日、每个春节，都有朋友、学生送来大把的鲜花。这些四时不谢的鲜花，环绕在父亲遗像的四周，表达着一份份心意，诉说着恒久的怀念。

在艰苦的战乱年代，父亲远走内地过着艰苦的生活。这其间，他写了许多短简，表达他的心声。其中有这样一段：

> 到了一无所有的时候，便到我的身边来吧！我不是一个富人，所以我不吝啬；我不是一个官人，所以我没有那张多变的脸。我只是愿意把能给你们的都供献出来，能放到我的肩上的由我担起。如今你也来到这个僻远的地方，山水都对你陌生，话语都对你隔阂，让我好好地来待你吧！象待我自己的亲人。我情愿把一

读旧信有感

切苦辛压在我的身上,让你们生活得快乐,生活得好,我想你相信我的,是不是?

我想这是父亲的做人宗旨,所以他才有今天这许多怀念的回报。

写此短文,以纪念父亲辞世四十五周年,以及九十五诞辰。

写于二〇〇四年五月二十二日
(原载《文汇读书周报》二〇〇四年六月十八日)

《狭路冤家》
——书的怀想

今年春来晚,家里的白蚁却早早开始肆虐。每年六月的黄梅季节,我总是在心里祈祷,希望白蚁放过我们。晚间,常常是观察着窗外飞舞的白蚁,直到确定不是家里而是户外飞出来的,才紧闭门户,甘愿忍受那潮湿闷热的煎熬。就这样,一直熬到七八月份,才安下心来,告诉自己又可以安度一年。

可今年才刚四月,床边四周已天天可见白蚁出动,虽还不会飞,但已很恼人。于是,请来房管所专治白蚁的师傅,把沉重的床拉开,这才吓了一跳。小小的白蚁不仅蚕食了地板,连床板都已穿透。立即想到屋子里最宝贝的书,于是忙不迭把书捧到平台上,一本本地检查。

那么多的书,都是我的宝贝,长久不看,似乎已经从记忆中隐退了。尤其是,当家人把一个方方正正的牛皮纸包递到我面前时,我疑惑地望了许久,才慢慢伸出手去,小心

《狭路冤家》书影

撕开那陈旧的包纸。

书已经散页，但是一本精装书，厚厚的一部，书名《狭路冤家》，是伍光建先生的译作。书在眼前，我的记忆仍未被唤醒。由于书实在太陈旧，我只得小心翼翼把它托在手掌上，翻前看后。以我多年当编辑的习惯，版权页总是最重要的。在版权页上，书名《狭路冤家》的下面，印着一幅小小的中国地图的轮廓，再下面，从右到左（当然都是竖写）印着：精装普及本实价大洋一元六角一元四角，著者厄密力·布纶忒，发行兼印刷者华通书局，总发行所上海四马路望平街口，虹口分店上海北四川路底，民国十九年十月初版。

再翻回前面，一眼就见书写得非常漂亮的毛笔小楷，共两页；再往后翻，是伍光建先生写的译序。原来，书局把"译序"的书写体和印刷体一并放上去了，有如此漂亮的手书，真是给书增色。因为书页散得厉害,中间又夹着书局的出版物广告,我不敢乱翻,所以一直没有发现书的扉页。起初我还以为译序就是扉页,后来再仔细看,居然内封就摊开在膝上:棕红色的衬底,上面是一幅很美的西洋图画,画幅左右相连占两页,其后便是扉页。在扉页下方,有两行英文字,标明原书名与原作者,我一读,不由恍然大悟,原来这是艾米莉·布朗蒂的著名小说《呼啸山庄》。

所有的回忆,在那一瞬间推近。

我已经认出此书是巴金先生送给我的。因为从扉页开始,连续三页都见熟悉的椭圆形图章:上海尧林图书馆藏书。那是巴金先生为其三哥李尧林先生筹备图书馆的书籍。当时为什么送这书,是因为我正在读《呼啸山庄》的英文本,也因为,那之前,我已经连续从巴金先生手里读完好几部伍光建先生的译作,并读到入迷程度,甚至会情不自禁调皮地在巴金先生面前引用伍先生的译笔:"此乃天意也!"那是大仲马《侠隐记》(今译《三个火枪手》)中主人公达达尼昂的口头禅。

记得浩劫期间,我曾经在巴金先生面前流露读书无用前途无望的想法,每回都被他婉言劝阻。他温和地望着我对我说:"书,是一定要读的,一定会有用。"那时他从干校回来不久,他告诉我在干校时没有书读,就凭记忆背诵抄录但丁《神曲》中的《地狱篇》。白天在地里一边劳动一边默诵,时间就过得很快,也忘了劳累和苦痛。不久,他得到"解放",被封的书解禁,最早借给我的就是《侠隐记》。我读得兴起,一连读了好几部伍光建先生的译作,都是一些版本很老的竖版书。我读那些有点文言白话文的译句,再翻出英文原版来对照,惊叹译者的高超水平。这样的水平,我这个英语专业的学生真是望尘莫及。后来,便是读英文版的《呼啸山庄》。巴金先生见我那么赞叹入迷,索性把伍先生的译本赠予我,让我对照着看。这就是手头的这本《狭路冤家》,也就是我后来千层万层包扎珍藏的宝贝。

书的怀想如此久远,它令我仿佛又回到那个动荡的年代,回到我的年轻时光。父辈当年温和的声音,恍如近在耳边。

二〇一一年五月十三日
(原载《人民日报》二〇一一年八月十七日)

拂不去的往事

今天上午,去鲁迅纪念馆参加"赵家璧先生诞辰一百周年纪念座谈会"。原想下午留下发个言,但想到早晨出门时,九十岁的老母在厕所不慎把水盆倾翻,搞得水漫金山,心里一阵发慌,待上午的会结束,与修慧大姐打了个招呼,就急匆匆往回赶。

推门进家,还好母亲没出别的事。在高兴我回来这么早时,母亲一边问起开会的事,一边又忍不住说:"你赵伯伯与我们是很好的。"接着又补了一句:"你若留下,是一定要发个言的。"

母亲老矣!她的头发早已花白,她的容颜不再娇美。她的心,又在牵挂着什么?是否在想七十年前与赵伯伯在华邨邂逅的情景。那时,她还是一名纯真的高中学生,与父亲靳以相识不久。那时,她常常与同窗好友萧珊结伴而行,去华邨看望我的父亲,并在那里得到赵伯伯家的招待。

位于万航渡路的华邨,原是父亲的中学好友林登的住所。一九三七年"八一三"抗战爆发，原是美籍华侨的林登火速回国，把住所留给父亲照看。父亲单身一人，在路上偶遇赵伯伯，后者正为刚从松江老家逃难来沪的六七口人无处栖身发愁。父亲主动提出把华邮的一二楼让给他们全家安身，赵伯伯顿时感激涕零。此后，父亲住在三楼，与赵伯伯楼上楼下，还在他家搭伙，生活如一家。母亲也就在此时，认识了赵伯伯全家。

北平三座门大街14号，父亲（左）与赵家璧并排而立（一九三五）

赵伯伯是个有情有义的人，父亲做的这件事，他一直记在心头。他曾对我说过多次，后来还写进文章。其实，他们这一代人都是如此：如遇事业抱负志同道合，从来就是坦诚相见，尽力相助。父亲是个能为朋友掏出心来的人，他没有看错人，赵伯伯又何尝不是如此！

今天上午，坐在为图片环抱的会场之中，远远望见父亲与赵伯伯并排而立，那是两张年青奋发的脸庞；继而又见下方，郑振铎伯伯和父亲等人在温暖地望着大家，目光仿佛穿透悠长的时空……再往右看，那是第一届全国文代会华东组的团体照。这张照片，修慧大姐曾拿着让我认人，我不仅认出了许多父辈，也在众多的笑脸中，找到了父亲。今天，听到有人发言，讲赵伯伯在刚解放时如何兴奋，铁路还没修好，就高高兴兴上北京去开会。联想到父亲当年描述那一路的文章，联想到父亲与唐弢伯伯、罗荪叔叔三人那年在赴京路上的留影：他们虽然疲惫，但心里充满希望，充满快乐。他们的心是相通的。

十一年前的那个春天，春寒料峭。我正伏案书写父亲的往事，正写到一九三六年父亲、巴金与赵伯伯在上海为创办《文季月刊》奔忙时，忽听赵伯伯辞世的噩耗，不禁悲从中来，亦感叹造物主给予我的感应。

赵伯伯是在一九三五年前往北京组稿，由郑振铎伯伯介绍认识父亲的。赵伯伯到达那天，他俩同去车站迎接，旋即父亲把赵伯伯接到自己所住"三座门"的寓所，那里也同时是父亲当时正在编辑的两个刊物（《文学季刊》和《水星》）的编辑部。半个月的朝夕相处，父亲的热情豪爽，父亲安排的文坛聚会，父亲刻意介绍的许多文坛友人，这些，都感动了赵伯伯，也奠定了他们之间的友谊。于是，就有了次年的上海合作，有了长达二十四年的友情（这是占据父亲五十年生命中将近一半的时日）。

父亲骤然辞世时，母亲悲痛万分，却哭不出来。当见到赵伯伯到来，才拉着他的手流出眼泪。我于是明白，赵伯伯在母亲心目中,如同长者长兄。因为母亲有"华邺"那份年轻的记忆珍藏心中。

赵伯伯是一位执着忠诚的出版人,是一位对出版事业全心热爱的人。他的举手投足,都自然流露出版人的好品质:处处用心,一丝不苟。比如,很早以前,他就请人翻拍他与父亲三十年代的合影,送来给我。比如,他送我父亲当年为《良友》编的丛书的书影,他甚至还把父亲当年为每本书写的广告词复印,拿来送我。他对我说的话,至今还在耳边:"这是你爸爸写的,一定要好好珍藏啊!"比如,当得知旧书店有一批抄家书籍要处理,他立即打来电话,并联系好旧书店的熟人,让我火速赶去购买我已缺失的父亲著作。更比如,当得知我要去图书馆查阅父亲的资料,他立即为我找好熟人,让我查阅方便……这所有的事,我从没有向他开过口,也从没有想到要开口,都是他主动而为。还有,他为了写回忆父亲的文章,曾不顾年迈腿疾,几次从虹口来到我们西区的家中,一一核对事实。文章发表后,发现有一个错字,他还非常懊丧地特意写信来道歉……

追溯更早,幼年的我,已经沐浴到他出版物的雨露。我最初的艺术震撼,来自于一本解放初期出版的《新中国版画集》,那正是由他主持的晨光出版社出版的。记得书内有一幅题名为"爸爸回来了"的木刻。那时父亲还在复旦任教,我们住在江湾庐山村(现在的复旦第一宿舍)。那天我坐在榻榻米上的小方桌旁,一页页翻看这本父亲捧出来的书。当我翻到这一幅时,见画面上:爸爸从战场上归来,眼睛上缠着厚厚的纱布,他已经再也看不见自己心爱的孩子。而那个抱在他手中的孩子,正惊恐地大张着眼,望着自己亲爱的爸爸,那只小手,已经举在半空,似乎想去摸一摸缠在爸爸眼上的纱布,但又不敢去摸。幼小的我禁不住捂住双眼,趴在桌上伤心大哭。就此,我记住晨光出版社,也记住父亲带我到城里买书时,去出版社看望赵伯伯的情景。那是一间小小的屋,门的上一半是白色磨砂玻璃,玻璃上印刻着"晨光"两个字。跨进门去,桌上、地上,全是一捆捆的书。

斯人已去,但回想以往种种,所有一切,对于我来说,都是拂不去的往事,都是心底的财富。

我愿意把这些财富传给后代;告诉他们,怎样才是出版人;告诉他们,关于友谊,关于事业,关于我们前辈许多美好的故事。

写于二〇〇八年十一月二十日深夜

(原载《文汇报·笔会》二〇〇八年十二月十日)

李俍民先生

一本本的书,摊平在屋外走廊的桌上,阳光穿过树丛斜射下来,把书映衬得光彩照人。多少年了,这些书!虽已泛黄,但在我心里,依旧如新。

从五十年代的《盖达尔选集》,到八十年代的《牛虻》《孔雀石箱》《一岁的小鹿》《红酉罗伯》《柯楚别依》《伊纳格夫兄弟游击队》……每本书前都有工整的签名,而在每个签名背后,我都似乎能看见李俍民叔叔谦和温暖的笑容。

前不久,整理父亲靳以的照片。在那一组父亲公祭的照片中,我看见李俍民叔叔也坐在公祭的人群中。那时的他,多么年轻,但已经是一位知名的翻译家。父亲在世时,我不认识他,因为他不是我家人来人往中的常客。但是,他早已是我心中的仰慕者。从父亲带我上书店挑书起,我就牢牢记住了他的名字。那个时代,《学校》《一朵小红花》《近卫军战士马特洛索夫》……这些书以及书中的人物,早已被孩童的我们效仿崇拜,他们甚至成了我们生活中的伙伴。苏联儿童作家盖达尔笔下的故事,通过李俍民叔叔的传神译笔,是怎样占据着我们童稚的心!而那些乌拉尔矿区美丽的民间传说,通过《孔雀石箱》耀眼的宝石,忽隐忽现美丽的仙女,弥漫四周的神秘氛围,又怎样引导小小的读者编织无尽的梦想!

然后,《牛虻》闯进我们的少年时代。把书从图书馆借来,再传递到一双双手中,直到把书本翻烂。英雄人物的豪情鼓荡着我们年轻的胸臆,而那封"牛虻"临刑前写给女友琼玛的信,更是被我们背诵得滚瓜烂熟,连同信中那首短短的小诗《牛虻》(甚至忽略了原诗的作者,英国诗人布莱克)。少年的我们其实并不真正懂得信中的涵义,但"牛虻"的故事在我们心头激起最初的朦胧和追求,它引领我们成长的脚步从少年走向青年。

李俍民先生

由此,我更加牢牢记住了"李俍民"这个名字,因为这三个字,正是印在《牛虻》的封面及扉页上,标明译者的。

认识李俍民叔叔是在父亲去世后不久。

那天,他轻叩我家的门,手里捧着他新出版的译作,扉页上除了写有赠送母亲的名字,甚至还有我的名字。

那一刻,我的激动、快乐,难以言表。

因为父亲刚刚离世,家中忽然冷落。更因之前,在父亲川流不息的宾客中,我从未见过李俍民叔叔的身影;而此刻,他竟然登门拜访,并自报家门,来与母亲和我认识……

也更因为,他对我并不陌生,且是一位我从小就熟悉崇拜的人。这时,他竟然就站在我的面前,那么平易,而他那一口软软的带宁波音的上海话,那么温和,使人感到贴近亲切!

后来,我才知道,李叔叔就住在我家附近,仅只二十几步路之遥。我还知道,他常常路过我家;因为,每天早晨,他都会来到我家门口的小花园打太极拳,锻炼身体。

厨房的窗口就对着小花园,我常在那里洗漱。有时抬眼望去,正见他拳毕,我挥手招呼他进门,他也总是欣然而至。

坐下,就是随意的谈话。而话题,总是围绕着书。因为家中的一大架外文书就立在面前。爱书的李叔叔一进屋,眼光就凝聚在这个书架上。他会把书一一从架子中小心抽出,然后开始讲故事。那些早晨,我好像回到童年时分,面对一位睿智的长者,尽情地倾听。虽然窗外有喧嚣,窗内却是一片安宁。

今天回想起来,那些看似"随意"的话题,对于我来说是多么宝贵。因为不是每个人都有这样的幸运,也不是每个人都有这样的机会,聆听一位大翻译家对你讲述世界名著以及名著背后或是名作家的故事。

那些难忘的早晨,一直镌刻在我心中。

进入出版社工作后,有一天,我的两位复旦师兄前来找我。他们捧着《牛虻》的英文本,有意作为注释本把原文介绍给中国读者,他们的想法正合我意。一个阳光灿烂的午后,我与师兄如约前去李叔叔寓所。谈得兴起,李叔叔忽然转身从一张高橱内捧出厚厚一大叠手稿,他告诉说,那都是当年译《牛虻》后被出版社删去的部分,内容主要有关宗教,也有一些别的。见到手稿上工整的笔迹,我深感可惜,立即联想到他的另一部译作《斯巴达克思》,书中那些浩瀚的历史人物,页脚那些密密麻麻的注释,直到现在,仍让我敬佩不已。作为译者,无论是书中所涉宗教,还是历史、典故,李叔叔从来一丝不苟,这也是许多老一辈翻译家遵循的基本准则。

我不是翻译家,不敢对翻译妄加评论。但我看到过李叔叔的译作,看到过他的工作,得益过他于外国文学的浩瀚知识,以及精辟理解。他为人不事张扬,如谦谦君子。今年,正是他去世整整二十周年。我不知道翻译界是否有纪念活动,但是,我知道许多读者忘不了他,尤其是,那些伴随着他的译作,从童年走到少年,进入青年……与他书中的人物做了一辈子朋友的读者。李俍民先生与他的作品,一直在他们心中,这就是最好的纪念。

风儿在轻轻吹拂,树叶在悄悄低语,阳光在一本本书间快乐地跳舞,我的怀想游走遥远。我仿佛看见李叔叔闪亮的眼睛,正专注凝视面前那一大架书,嘴边布满笑纹。那可是真正爱书人的喜悦啊。

二〇一一年九月二日

(原载《中华读书报》二〇一一年九月十四日,又载《译林书评》二〇一一年第六期)

丁景唐先生与我

第一次见到丁景唐先生是在上世纪七十年代末。那时我进入译文出版社工作不久,有一回感冒,同事热心地告诉我,"大社"(指上海人民出版社)有很好的医务室,让我随她们一同去那里看看。于是我们从延安路(译文社)走到绍兴路,果不其然,这个当时许多出版社共同拥有的医务室不仅大,而且设备齐全,甚至还有理疗器械。热心的同事把我介绍给医生,很快就看完了病,拿完了药,正欲离开,忽听有人在招呼我。回头望去,一位陌生长者躺在理疗床上,问我是否是"靳以"的女儿,并告知父亲的著作《靳以小说散文集》就要重版。其后还问了我的近况,以及母亲及家人安好。我当时有点尴尬,也有点不好意思。因为身旁的人正在告知说,那位陌生长者是出版社的领导。这位领导正是丁景唐先生,时任上海文艺出版社社长兼总编。我没有多逗留,回答完他的话后,就匆匆离去。

第二次见到丁景唐先生已过了几年,那是在纪念巴金先生文学创作的一个展览会上。记得那次到会参观的人很多,我与母亲同去,到处遇见熟人,都是父亲的同辈好友。那时此类活动不多,正是老一辈见面的好机会。门口进来一批日本学者,有人把母亲和我向他们介绍,他们立即热情地围拢过来,表现出对父亲及其作品的极大热情。有几位十分年轻的学者,甚至向我们列数父亲作品的篇名,表示他们的喜爱。父亲去世多年,能在国外引起如此关注,母亲和我非常感动,一起照相分别之后感动之情仍然涌动心头。正在此刻,丁景唐先生拉着他的女儿言昭走到我们面前,我唤了一声"丁叔叔",他满面笑容把言昭正式介绍给我,说是以后要多交流多帮助,就这样我也认识了言昭。

此后,由于与言昭年岁相仿,又各自喜欢写些小文章,我们很快就熟悉起来。那时候,电脑还未普及,言昭有一回带给我一个小纸包,里面是橡皮图章,可以根据需要上下拨弄印上年月日。她说文章写完盖上章,就可留下写作年份,非常有用。我觉得非常新奇,使用起来果然清楚方便。当时就纳闷,不知她怎么会想到这样的图章。

后来,她又拿着一只牛皮纸大信封跑到我这里,里面居然收集着有关我父亲的剪报,她问我是否需要。那些陈旧的纸片已经泛黄。我找到了纪念父亲逝世三十周年的剪报,甚至还看到我为父亲写的第一篇纪念文章。

再就是书。有关的书籍里夹着有关的剪报,比比皆是。尤其是最近,言昭一直在为其父整理书籍,她不止一次对我说,书是丁叔叔的宝贝,绝对不能等闲视之。有时见到重复的书,她会拿给我看,或送我几本。这些书里我会看见丁叔叔读书的痕迹,甚至看见他读书的姿势:仿佛见他手中拿着笔,正襟危坐在书桌前,一边圈点,一边认真阅读思考。

于是,我忽然意识到,那些图章,那些剪报,那些书籍,都是丁叔叔传承给言昭的,那是他多年从事出版工作的印记。他是出版界的老前辈,收集资料,求证严谨,一丝不苟,以及工作条理,已经深深融入他的生命,成为他生活中顺理成章的习惯。

前些年,在彼此走动还方便时,他会过来看望母亲。母亲喜欢听他的宁波口音,因为她自小也是在宁波长大的。母亲也喜欢看书,总是书不离手,所以他们之间话题是很多的,有些老话,还会聊得津津有味。虽则如此,我却没有上他家去拜访过。去年不知是为什么事,我约好言昭找到丁叔叔的家。我早知道他住的是石库门老房子,也经常路过那条马路那条弄堂。但进屋一看,仍旧大出我的意料:逼仄的空间,陈旧的家具,尤其是屋内横空一条绳子上还晾晒着未干的衣服……仿佛走进几十年前的老上海。一时间,我简直被眼前的景象搞懵了,我很难相信,这是前出版局领导的住房(丁叔叔"文革"前曾多年担任出版局副局长的职务),而且是在上海这个地方。想起走进来时穿过的厨房,厨房里简陋的方桌、方凳、碗橱,饭菜就摆在这张桌上,食物也极其简单。我想,在当今的出版界领导中,或许再也找不出丁叔叔这样的干部。回想身边一些人为房屋为私利所做的种种污浊之事,心中感慨万分。

手边有一帧照片,照片上有三人:丁叔叔、我、他的二女言仪,摄于上海图书馆。时间过得飞快,当时情景恍在眼前,然距今已近十年。二〇〇二年,辛笛叔年届九十,上海图书馆为他举办"诗人王辛笛创作生涯展览"。在图书馆的

右起：丁言仪、丁景唐、章洁思

一楼展厅，我在人流中小心穿行，最后避到大厅的柱子旁，却在那儿与丁叔叔不期而遇。丁叔叔满面笑容，就像当年介绍言昭那样向我介绍了言仪，随即掏出相机说道："留个影吧！"

照相，留影，也是丁叔叔长期做出版集资料的习惯。而那天的我，心里正充满无比的喜悦：为父亲的老友辛笛叔欢喜，为展览的展品欢喜，为墙上悬挂的老照片欢喜，为照片勾起的许多在父辈身边的童年往事欢喜，也为遇见多年未遇的小伙伴欢喜。欢喜之情溢满我的胸怀，就这样，我站在丁叔叔身边留下了欢喜的定格。

去年，丁叔叔住进了华东医院。其实他没什么大病，恢复很快，医院的照顾似乎比家里还好。今年春节前，他让言昭给我带来新发表的长文，在文章上面的空白处，他写着，权以文章代替贺年。电话里，他的声音是那么高兴，他说道：原以为自己再也不能写了，现在竟能写出这么长的文章,这对他自己也是个鼓舞,所以,他还要继续写下去。我想象他每天走到医院的大休息室专注写作的情景。他果然在一篇篇地写,其实,那些写作对于他是幸福的回忆,对于读者对于社会,更是珍贵的史料。

曾有上海理工大学(原沪江大学)档案馆的领导找到我,因为看到我发表在《文汇读书周报》上一篇回忆沪江的文章,想让我对他们讲讲沪江更多的史料。没想到丁叔叔在沪江读过书,还当过助教。我的回忆只限于解放初期我孩提的眼睛所望见的一切,而丁叔叔,则要早上许多年。他告诉我,他睡的宿舍靠近江边,有一扇天窗;他那时已经是地下党员,只是不张扬,隐蔽着。他还怀念教过他的朱维之教授,他让言昭带信给我,想了解后来朱先生在我工作的上海译文出版社出书的情况。因为有共同的话题,我们在电话里又聊了许多。

前些日子,丁叔叔托言昭传话,问怎么最近不见我的文章发表,并鼓励说,我的文章写得蛮好,要继续写。我一边把前不久发表在《人民日报》副刊上的小文拿给言昭,让她带给丁叔叔;一边心里不由阵阵发热。回想起来,一直鼓励、关注我写作的是辛笛叔。他在世时,一见我有文章发表,立即亲自来电。他手头报纸杂志无数,所以,任我的文章发表在何处,他都能立即知晓。甚至,有时连我自己都未知时,辛笛叔的电话已经响在耳畔。今天,忽听又有丁叔叔关心我的写作,回忆感触交集内心,难以诉之言语。

我早就说过,很羡慕我的一些朋友。他(她)们从少年青年中年,甚至步入老年,还能够在父亲身旁聆听指教,或是写文、抄稿、收集资料,或是侍奉茶饭,陪送出行;间或还能与父亲谈谈心、撒撒娇……而这样的奢侈早在我十五岁那年就永远失去了。父亲在世时,世界还未在我年少的生命中展开,我没有傍在父亲身边长大的幸运,但,我的幸运仍旧自天上的父亲馈赠下来。回顾以往,在我人生的多个阶段,都不乏父亲友人的关怀鼓励,直到今天。今天,当听到丁叔叔对我写作的关注,实实在在温暖了我的心。

又是一年过去了,又到了年尾岁末,我已经开始在邮箱中收到朋友的龙年祝福。昨天与言昭通话,知道丁叔叔健康如常,这真是最好的迎新消息!我的眼前,倏忽映现出丁叔叔健康的笑脸,仿佛见他握着笔,还坐在那间大休息室里写呀写……

丁叔叔,您龙年的贺年方式又会是怎样的?又会给大家怎样的惊喜?我等待着,等待着……

二〇一一年十二月十四日
(原载《文汇读书周报》二〇一二年一月六日)

卞之琳先生

我已经是第二次见到这张照片了。第一次是很多年前,一九八二年第二期的《新文学史料》上,方敬先生写的怀念父亲靳以的文章《红灼灼的美人蕉》,文中所配照片,就是这张。再次就是今天,在整理书籍的时候,发现了这本书。书的扉页上端端正正写着:"肃琼嫂留念 卞之琳 一九九四年十一月十四日,北京",再翻过去,在卞先生的大幅照片之后,第一张呈现的就是这一张了。

一张单人沙发,沙发的扶手很高,父亲坐在沙发里,左边的靠背上,坐着卞先生,他的两手笼在袖中,两人都着长袍,神情非常安谧。他俩的身后,是一个形状十分优美的伞形落地灯。

自第一次看见,这张照片就一直印刻在我的心里。虽然那时杂志的纸张十分粗糙,照片很不清晰,但父亲的影像令我难忘。尤其是当时一并读到方敬先生对父亲如此深情缅怀的长文,读到那张照片的时间地点的许多文坛往事。

在卞先生的这本书中,照片的底下有这么一行说明:"与靳以摄于《文学季刊》编辑部(一九三四——一九三五年冬,北海三座门)。"

**靳以与卞之琳摄于
三座门大街 14 号(一九三四)**

北海的三座门大街建国后就被景山前街取代了,一九九二年我到北京旅游时,曾经站在北海附近的路口问遍过往的行人,都问不出三座门大街的原址,更找不到原来父亲的"章宅",也就是《文学季刊》编辑部所在地三座门大街 14 号了。但我并不甘心,在多次无果而返之后,我终于邂逅一位在此住了多年的热心妇女,她甚至一直把我领到三座门 14 号原址的胡同口。我敲开了两边的门,屋主都热心地请我进屋,并告诉我中间那个小红门才是原址。于是,我冒昧走进父亲年轻时代的家,站到院中,陷入几十年前的梦中。

我对此地的熟悉,来自卞先生怀念三座门的文章。卞先生的文章,一如他的字,详尽而端正,一丝不苟。他写房屋的布局,工作的写字台,来往的文友,院中的花草,甚至还写到休闲时兴致勃勃手摇他从国外带回的留声机,与大家一同欣赏唱片等等。书中,在他与父亲的这张照片下面,还有一张一九三六年他与张充和女士游览苏州天平山的留影。我知道后者亦是三座门的常客,她当时在北大念书,住在姐夫沈从文家,三座门正是她两处的途经之地,所以她的自行车常常在此出没。有时候,她不进门,只在门口与父亲聊上几句,就忙着上学。因为曾经有过一个笑话,有一回,她在门口遇上我的二叔,因二叔相貌酷似父亲,为她错认,直到说了许多话后,才知认错了人。这是充和女士晚年的回忆。如今她在耶鲁大学,年近百岁,大前年父亲一百诞辰辞世五十年时,她特意从大洋彼岸托人送来墨宝,还唱了一段昆曲,说那是父亲喜欢的。而卞之琳先生对她的钦慕,也是圈内人所共知的。

这本书名就叫《卞之琳》,为"中国现代作家选集"丛书第十册,由台湾书林出版有限公司于中华民国八十一年十二月出版,也就是一九九二年十二月出版的。我们是一九九四年十一月到北京的,那年的十一月七日,是父亲诞辰八十五周年辞世三十五周年的纪念日,中国现代文学馆为此组织了纪念座谈会。座谈会在景山附近的"文采阁"举行,那天大雪,座谈却分外温馨,与会的父亲友人学生真情流露,对父亲的缅怀跨越了空间。会毕,母亲提出要去看望因年迈体弱不能出席的几位父亲老友,其中就有卞先生。记得那天我们驱车寻找卞先生的住所,车是中国作协派的,或许是北京大的缘故,也或许是那位司机不熟悉这个地方,绕了好久,才找到这个东罗圈胡同。小车拐进院内,母亲下车上楼(好像是四楼),我因腿脚不便就在车内等候,等了许久,才见母亲下楼来。母亲告诉我说,卞先生听说我在下面,执意要下楼来看我,被母亲坚决挡了回去。因前些日他不慎摔跤,家人不让他下楼梯。这本书,就是当日他送给母亲的。

母亲之所以耽搁许久,是因为她还去看望了住在卞先生毗邻的戈宝权先生。戈先生也是父亲的老朋友,当时卧病在床。戈先生的夫人梁姨随母亲下楼来看我,向我问长问短。我深有感触,老朋友的情谊是弥久在心的。

时间过得飞快,就在父亲的四十周年忌日来临之际,舒乙先生鼎力相助,为我争取到《新文学史料》的一块版面,作个纪念专辑。于是,我想到卞先生,写信向他约稿。他很快回信,信不长,抄录如下:

南南:

很高兴接到你的信,我现在手抖得几乎完全不能写字,但是我还是亲笔跟你谈几句。上次你和你母亲来看我,我因年前一次晚间在院门房处取报纸信件回楼,在二四层间畸角处摔倒磕破头,流血不止,到医院急疗,幸尚未伤及颅骨,缝了六、七针,以后家里人不让我下楼,没有能下楼来送别。

我一直还没有写过追念你父亲的文字,只记得一年我到上海由巴老陪去你父亲的坟头敬过一束花。我一直想写一点当年你父亲坐镇北海前门东侧三座门十四号《文学季刊》编辑部的热闹情况,苦于记忆的头绪乱了,现在你写了二万字的年谱,好,希望接我信后复印一份寄我,使我能核正一些细节。我精力不济,想把大致情况,写个千字文流水账也罢。祝好,问候你们全家人。

之琳
六月十八日

回信不由外文学所交,直接写

邮编100010

北京东四东罗圈×号×楼×室

又:如你写的年谱已寄舒乙同志,请即函告他复印一份寄上列地址。

卞先生的字,虽然有点抖,但仍然中规中矩,每行都排列整齐。我读信后,想到他的摔跤,以及"精力不济",有点不忍心再让老人动笔,就没有再去要求,那是一九九九年。

说实在,我与卞先生并不熟。我只在一九五五年见过他几次,那时他从北京来上海写作,住在上海作协的招待所。那个招待所正在我家所住公寓的十二楼。夏天的夜晚,我常常跟着大人到十二楼的大平台上乘凉,十岁的年龄只知道疯玩,但毕竟对他还是留下些许印象。卞先生给我的印象有点忧郁,斯斯文文,完全是学者风度。直到近期,才从一些回忆文章,研究资料以及海外的张充和女士那里知悉一些他的往事,才知他有许多不平常的经历。但是我很早就读过他的诗,尤其是那首有名的《断章》。诗那么短,却呈现眼前一幅清晰画面:桥,楼,还有明月,在遐想中仿佛诗中还有自己,正站在那座桥上。我不懂诗,但是诗情画意是略微知晓的。待到年岁增长,再回过来读它,却觉诗中传递寂寞之情,还充溢淡淡的忧伤。

或许,这就是诗的感染力吧。

卞先生对一九三三年至一九三五年间与父亲一同居住的处所记得如此全面,他信手就写下:北海前门东侧的三座门十四号。在所有住过或去过那里的人,只有他讲出这样详尽的方位和地址,我很感叹,这也可以说是卞先生为人处世的一个特点。

如今,网络活跃,在"老北京"的旧照片中,我见过三座门的牌楼,很壮观。我遥想父辈年轻时代的故事:卞先生与父亲,还有许多文友,穿过牌楼回到同一屋檐下。他们在快乐地写作,快乐地聊天,快乐地听音乐,快乐地手捧自己辛勤劳动还散发着油墨香的刊物《文学季刊》和《水星》,快乐地追求自己的理想和抱负。我仿佛看见他们院中手植的小金瓜已经吊到窗前,在迎风摇晃,就像一个个铃铛……

斯人已去,留下的是无尽的怀念。

写于二〇一二年四月三日

(原载《文汇读书周报》二〇一二年四月二十日)

"奉献"
——怀念周而复叔叔

"奉献",这两个字是一九九四年而复叔在他的北京寓所里为我写的。

昨日收到父亲学生嵩青先生从福建永安寄赠的《北京十年》(罗孚著)。嵩青是复旦大学新闻系的学生,当年上海

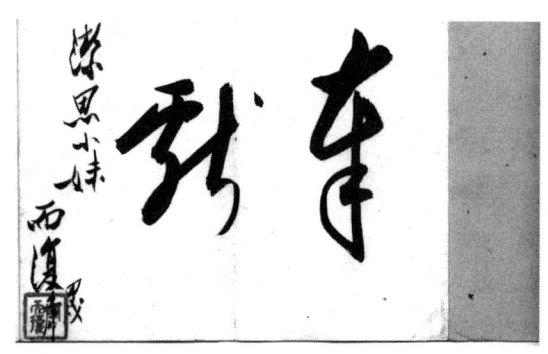

周而复为我写的字"奉献"

一解放,就响应祖国号召,中断学业,参军南下。此后,他一直留在福建永安,为他乡的这片土地,奉献自己的热血青春。前几年母亲在世时,他为我们订阅老年杂志,如今母亲离去,他又常为我寄书。这许多年来,他的爱好依旧,寄来的都是文学类的书籍,自己也常即兴写诗,诗中回荡的仍是青春的激情。

这本《北京十年》,我听说已久,只是还没有读过。拿到手后翻阅目录,一眼看见一百二十四页上的《话说周而复》,一气读完。

文章写得在情在理,把当年归咎周而复的两大罪状,均写得清清楚楚,实在是冤枉。情不自禁回想到一九九四年十一月,我们为了父亲的纪念座谈会赶到北京,为了周而复还与有关人员吵了一通。

那年是父亲靳以诞辰八十五周年暨辞世三十五周年,在巴金先生的关怀下,中国现代文学馆筹备为父亲召开一个纪念座谈会。刚下火车坐定,就知原定主持会议的领导还在外地参加另一活动,一时半会赶不回来。

母亲急了。一方面是会议的许多事项还未落实,另一方面连会议的主持人都不见影踪,而父亲的众多老友都病在北京医院,无法外出。唯有而复叔听说我们来京,表现出一贯的热情。他立即把我们邀去他家,商谈会议的事宜,出了不少主意,并让我去北京医院请赵朴初先生题字。当我表示自己不认识后者时,他立即为我写了介绍信。那天,他如亲人般招待了我们一整天,并说,一定会出席会议,并作全面发言。

临近会议的前两天,主持人还找不到,母亲于是提出请周而复前来主持。那天晚上,有关人员与我家一位相近的朋友一同叩响了我们借住的虎坊桥寓所,性急的母亲又问及主持会议的人选,当对方依旧回答不出时,母亲再次提出请周而复。彼此相对默然僵持片刻,由我家这位相近的朋友代言,说:"周而复不行。"母亲问:"为什么不行?"回答是:"他有错误。"又问:"什么错误?"答:"就是有错误。""究竟什么错误?""……"就这样,母亲反复追问,反复坚持,又最终无果,她忍无可忍,把这位代言的朋友(亦是母亲的后辈)痛骂了一顿。

我(左)与周而复(中)在北京的
靳以纪念座谈会上(一九九四)

其实,母亲并非想给对方出难题,她也知道周而复因何事罢官;但,她也知道,这事已有结论,亦复平静,归不到"罪状"。

座谈会还是如期举行,之后找来已退休的文学馆领导主持。而复叔也早早到会,并作了全面而真情的发言。那天北京大雪,雪片撕扯在天空;地上,是白茫茫的一片。

其实,而复叔是我家的老熟人,他与父亲早就熟悉,那份原由他与茅盾等人在香港创办的《小说》月刊,解放后移沪出版,原先的编委一时散处各地,而复叔又忙于华东局统战部工作,无法兼顾,他就商请父亲接编。父亲一口答应,虽然他也忙得不可开交,正在沪江大学担任他最陌生最困难的领导工作。后来,而复叔在怀念父亲的文章(《献身在火的怀抱中》)中,回忆这段往事时写道:

> ……用靳以的话来说,这个刊物的编辑人员只有四分之三个人,承担了整个编务和印刷等事务,可见他对文学事业的热情与冲天干劲儿。

而复叔在上海工作时间很久。他很早参加革命,他的长篇《白求恩大夫》好像就是在延安写的。他高高大大,潇潇洒洒,充满情趣。他从印度出访归来,带了许多美丽的孔雀羽毛,分送朋友,我家的花瓶里,也插着大大的一束,这在当时十分耀眼。他旋风般来去,摁响我家门铃,会直奔里屋,把不善交际的母亲唤出。至于在舞会(建国初流行跳交谊舞)上,他更是舞姿翩翩,令全场人侧目。

父亲创办《收获》,他任编委之一,来我家更勤。他写的《上海的早晨》,首先在《收获》发表。为了某些细节,他曾与父亲争执不下,但最后还是接受父亲意见,以缓和方式处理。

我常常回想父辈的一代,他们之间的交往。朋友就是朋友,不管你是部长也好,平民也好,没有那么多你我,志趣相投就齐心合力。

说到我自己,而复叔也对我有恩。十二岁那年突患重病,父亲刚巧率领中国作家代表团出访苏联。我高烧不退,昏昏沉沉。母亲对着我已经束手无策,而复叔得知消息,立即派人把我送进医院,记得是用担架抬走的。不明缘由的病令我从此不能自由站立行走,但我的这条命是捡回来了,所以我说而复叔对我有恩。

二〇〇一年的一天下午,家里的电话铃声骤响,原来是巴金先生的儿子小棠打来的。他告知说,而复叔刚在华东医院探毕巴老,现在正往我家来。但他不知确切门牌。而小棠虽多次来过,却也说不出门牌号码。于是,小棠让我们到弄外马路上看看。

说时迟,那时快,而复叔乘坐的小车已经稳稳停在我家门前,他居然凭着记忆没出一点差错。只见他高大的身躯出现在我家里屋的小月洞门口,身后是他的儿子周鲁卫和儿媳王周生。

今天看那天摄下的照片,看大家团团围坐在家中的那张大圆桌边,而复叔的谈笑风生,母亲的满面笑容,映衬着墙上父亲的大幅照片,弥漫四周的温暖空气……那空气仿佛和煦的春风,轻轻从照片上吹拂过来。

我多么怀恋这样的时刻,多么怀恋父辈这般延续的友情。

这所老旧房子的家,就像是一块吸铁石,曾经吸住多少前来探访的父亲老友。那天,而复叔一坐下就不肯起身。陪在一边的儿子儿媳可着急了,因为天色近暗,已到晚饭时分,孝顺的他们知道而复叔喜欢正宗的上海菜,早已在老正兴饭店订好了餐位。然而复叔依旧不肯起身,他依然与我们聊天。忽然,他出其不意地对我说:"你也去吧。"我惊诧万分,答说:"我怎么去?"他坐定在那里笑着说:"你去我才去,你不去我就不去。"我不能再坚持,关上炖汤的炉火,与母亲跟着他走,做了一回他们家庭聚会的不速之客。

回京之后,而复叔给我寄来了《周而复散文集》(四册),以及《周而复六十年文艺漫笔》,扉页上都有他苍劲的题字:洁思侄女 而复 二〇〇一年六月 京(另一册是:二〇〇一年七月十七日 北京)。读他的书,真切感到他的一生是丰富多彩的。

"奉献",这两字,就是一九九四年十一月我们到北京赴会时,而复叔在他的寓所里为我写的。他独自住在翠微西里的部长楼,一共有七间屋。他领着我们一一参观,其中一间小屋专供他写字,门边左手一张长桌上放着笔墨纸砚,大大小小的毛笔整齐排放着。他很开心,进屋就信手给我写了这两个字。他是个身经百战的人,虽然寂寞,但他的内心是宽广的。我想,"奉献",也是他的一生的信念吧。

写于二〇一二年四月十日

(原载《文汇读书周报》二〇一二年七月二十七日)

列维坦的画

蓝蓝的天,这是怎样的蓝天呀,黄昏时我爬上悬崖,从顶峰俯览大海,你知道吗?我竟然哭了,而是放声大哭,在这永恒优美的地方。

——列维坦游历南方大自然风光时写给契诃夫的信

一九九六年十二月二十二日

我喜欢列维坦。

我在十多岁时,就喜欢上了列维坦。

一次,我在一本杂志的内封和插页上,见到了列维坦的画,它们是"初春"、"金色的秋天"和"深渊",我不由得呆住了。望着画面上静谧的俄罗斯田园景色,好像听到初春解冻的潺潺流水,好像望见秋天丰富饱满的色彩,尤其是那幅"深渊"。此刻正读着屠格涅夫的《猎人笔记》,其中有一篇开头是:"伸出你的手……"我仿佛伸出自己年轻的手,让作者牵引着我走过画面上

列维坦画册扉页

的那座窄窄的桥,走进对面的树林里,走进屠格涅夫那诗情画意如花似锦的世界中去。

我久久望着列维坦的画,不能移目。我是一个残疾女孩,但胸膛里跳动着的那颗年轻的心和许多同龄人一样,渴求梦想。画上,金色的阳光穿过婆娑的树影而落下来的点点灿烂,仿佛点点铺洒在我的心上。我一时间感到天地之灿烂,生活之灿烂;而自己,应该迎向这灿烂。

时隔近四十年,我仍然喜欢列维坦的画,我仍然珍藏着那几张插页。

昨日冬至。下午,我去医院看望巴老,不想会有如此惊喜。他刚午睡起身,喝完牛奶,见到我立刻示意小吴把早就拿好放在架子上的一本画册递来给我,并说那是我喜欢的书。我接过画册,低头一看,Levitan(列维坦)几个大字赫然跳到面前。我欣喜地叫起来:列维坦！巴老在一边微笑着说：你喜欢列维坦的画。少年时代的梦和现今的温暖交织在一起，使我百感交集。温暖的病房阳光普照，安静宜人，我和巴老把画册一页页翻开，一同读画。巴老在一边告诉我说，契诃夫也喜欢列维坦（因为我们都知道，契诃夫是父亲喜爱的作家）……

欣喜之余，我问巴老：你怎么知道我喜欢列维坦？他回答说，这本画册曾借给我看过。

在脑海中死死搜寻记忆，哦，将近四十年的往事：父亲突然离世，干妈萧珊，为了安慰我痛楚的心，把干爹的这本画册借给我看！

少年时代的往事，因年深而久远，然九旬老人，居然记得如此清晰……

以上是我十多年前记的一篇日记。

今日整理书籍，又见这本珍贵画册，往事历历涌上心头。我轻轻摩挲画册的封面，列维坦画笔下的白桦树林浸透着深深的绿，在我手指中间忽隐忽现。我小心地翻开扉页，左边，是画家谢洛夫为列维坦画的大幅肖像，列维坦手搁在靠背上，坐在那里沉思。他的眼前，他的心中，是否展现着他无比热爱的那一望无际的俄罗斯原野大地！右边，在书名的下方，是巴金老人用黑色的粗笔竖写的：送给南南 巴金 九六年十二月二十一日。再仔细看，书页的右下角还斜写着一个草体的钢笔签名：金。字体因年久而浅显，但仍很清晰，很潇洒，猜想是巴老购书后为留存而签下的。

这本画册是列维坦诞辰一百周年（一八六〇——一九六

○)的纪念集,书的封底没有进口的中文书局字样,估计是巴老直接从苏联购买的。但我查了巴老那几年的活动,他没有再到苏联去,不知画册是如何购到的,但有一点是肯定的,就是巴老也很喜爱这位俄罗斯伟大的风景画家。

或许是父亲靳以从小熏陶的关系,我很年幼就开始读画,最早接触的是木刻。大约四五岁时,家住复旦大学庐山村的日式房子,其中一间以榻榻米为主,粗糙的方块草席上搁着一个矮矮的小方桌,我就在那张方桌上读到许多不同国家的木刻版画,记得有中国的,苏联的,日本的,还有一些民间的剪纸。至今

列维坦画册封面

记得那些洒落在雪地上熊的小小脚印,黑白相间非常可爱。当然更不能忘记麦秆的那幅《放回来的爸爸》:孩子惊恐的目光,爸爸眼睛上缠着的厚厚纱布,纱布上那一枚锈迹斑斑的别针……它是深深印刻在我心中的。那幅画,我一眼望去,就情不自禁大哭。我趴在那张矮桌上,直到父亲闻声进屋,把我抱在怀里百般安慰。这就是画,给予我生命的最早震撼。

无论父亲如何安慰,他还是只陪伴了我十五年。他与我不辞而别,去到另一世界。但在父亲身边耳濡目染的习性,是他留给我一生的馈赠。

由于十二岁罹患重病致残,由于家中无尽的书,由于五十年代倾向苏俄的教育,我的启蒙读物就是苏俄的文学作

品。从杂看到专注于一个个作家,我读遍了老托尔斯泰,小托尔斯泰,屠格涅夫,普希金,直至父亲喜爱的契诃夫,并且除了他的小说,连剧本都不肯放过。看到某本杂志中间列维坦油画的插页时,正是困在病椅上的那个时期。他的画,虽然印刷十分粗糙,但仍旧迸射出无比的感染,与我所读文学作品相映吻合,令我立即爱不释手,感悟生命之美,人生之希望。

现在,这册巴老赠与的《列维坦画册》就放在我的膝头,我轻轻环抱着它,充分享受父辈的光照。自父亲离去后,温暖的阳光依旧铺洒在我身上,伴随我的成长。这阳光来自父亲的许多友人,尤其是与父亲情谊诚笃的巴金老人。纵使在浩劫的十年,当我感到前途茫茫,读书无用时,仍然得到巴老坚定的指点,看到未来的希望。与巴老的每一次对话,他那发自肺腑的话语,真诚而简短,一直沉到我的心底。之后,在他长住华东医院时,我有更多的机会和他相处交谈。他对文革对许多问题的反思,一方面诉诸于他的笔下《随想录》,另一方面令他的面容更加睿智光彩照人。我经常感到,自己是坐在一位智者伟人的面前,研究知识,学习人生,那是多么难得的幸运和幸福!有时,我默默地坐在病房一隅,注视着这位如亲人般的父执,如同当年父亲住院时,我也是这样默默地坐在一隅,注视着父亲,注视着他看稿写作忙碌,幸福满溢全身。

《列维坦画册》,只是巴老对我的关怀中极微小的一例,而我,透过它,更看到其中隐含的他对萧珊干妈最深切的怀念。

我没有听见过他对我直接讲述对干妈的怀念。记得在萧珊干妈去世的周年忌日(一九七三年八月十三日),那天晚上,母亲和我们姐妹去到武康路。我们和巴老就坐在花园里乘凉聊天,蚊子在四周飞舞,星星在头顶眨眼,我们聊了许久,也没提到干妈一字。母亲是极力回避,敏感地怕引起伤心,而巴老外表看去却很平静。但他在香港《大公报》发表了《怀念萧珊》(一九七九年)一文后,立即拿着报纸送到我在出版社的办公室,一边递给我,一边对我说:"这是写你干妈的一篇文章,你看看。"之后,在送我《列维坦画册》之时,他清清楚楚地告诉我,画册曾借我看过。是的,是三十多年前干妈借给我的。他记在心里,他把干妈的一切都记在心里,他的心里满盛着爱,他的爱深沉而博大,弥久而永恒。

走笔至此,干妈的明快与笑声又现耳畔,他们与父母四人在一起的种种忽地涌上心头……我不知道,此时此刻,是该为他们快乐还是悲伤?但是,泪水已经溢满我的双眼。

如今,又十多年过去了,我的双手环抱着《列维坦画册》,阳光依然灿烂,关爱依然浓烈。我把画册轻轻打开,翻阅,读画……这位十九世纪俄罗斯的伟大画家,这位被誉为写在画布上的充满色彩的散文作家,他的不朽的画,与亲人予我的不朽的爱,永远沉淀在我心中。

写于二〇一二年四月十六日

(原载《文汇报·笔会》二〇一二年十月七日)

女兵的温柔

不见菡子已经多年,我时时会想念她。想念她那张排列着电脑、打印机的小小书桌,挂着一只只小袋子的别有风格的书架;想念她那张庞大舒适的木制摇椅,我曾坐在上面听她娓娓叙说往事;想念我们在夕阳下美好的交谈,和风轻轻吹拂着彼此的发际衣衫;想念她站在路口等待我,见到我后向我不停挥手;想念她那次听到我不慎摔破了头,立即为我熬好鱼汤请人送达,还送上本子、T恤和短信。

温情的短信至今握在我手中:

> 南南,你跌在头部我太难受了,可是未造成恶果还是不幸中之大幸。
>
> 附去韩石山的文章,昨天我又把你复印来的他的文章看了一遍,真好。还有一个素雅的本子是我购买新世纪万有文库赠送的,给你写作,作为永久的纪念。

一件红T恤,过节穿。

早日康复

菡子

九月十九日(一九九九年)

杜宣叔在菡子离去后写了悼念文章,标题是"女兵走了"。我当然知道菡子是名女兵,知道她很早就参加革命。许多与她同时代的长辈都记得她飒爽英姿的模样,记得她在战火中的勇敢从容。最近,还读到与她一同赴朝的战友对她的怀念,描述她在泥泞的战地自若的表现。然而,我对她的怀念,却不知为什么总在她的温柔中盘旋。

无论与她的交往、谈心,还是从她的作品中,她的温柔总是渗透我心。

我与菡子(左),在菡子家中

菡子阿姨是父亲靳以的好友。他们相识在建国初期一九五〇年赴北京出席全国英模大会的途中。她对我说,同车的人都是大教授大学者,严肃得很,只有父亲没有架子,所以他们很快就熟了。会议间隙,她因为享用供给制,身无分文,看着别人买这买那禁不住眼馋。父亲就带她上东安市场吃糖葫芦,送她当地特产小宝剑,她开心极了,一直记在心里。那次我上她家去,她居然还保留着那把小宝剑,特地从柜子里拿出来给我看。那是上世纪九十年代,距父亲离世已四十多年。

父亲在世时,我对于菡子阿姨的印象断断续续。父亲一九五六年底率中国作家代表团访苏,回国带来好几条俄罗斯图案的方围巾,母亲正巧出差前往安徽,父亲特意让母亲去看望当时正在安徽农场劳动的菡子,并带围巾送她。后来她回到上海,我们住在茂名路茂名公寓时,有一回我放学回家,见到客厅的门紧闭,父亲让我轻悄悄的,说是有人在内。后来才知是菡子阿姨与她的前夫L借我们家见面叙谈。当时我年幼,不知道大人间的复杂事,很久以后读到她的《重逢日记》,一面为她的深情感动,一面为她大恸。多么细腻的感情,跳动在她的每一个字句中。多少年了,直到彼此重病在身,她终于把缠绕内心的一切宣泄出来,冲破世俗,冲破感情的桎梏。

八十年代初,她来我家看望母亲,后来又写了怀念父亲的文章发表。父亲虽然早已离世,但她对父亲的事一直非常关切。以上信中所说"韩石山的文章",也就是她十分关心的澄清父亲当年办刊用稿的事。她把复印件问我要去,再看一遍,回答说"真好"。我明了她的心思,因为她实在也是个仗义执言的人。

当年父亲创办《收获》的时候,委托在北京的她坐镇《收获》的驻京办事处（她另外还有其他工作），这样，刊物在北京的一应事务都由她来担当。那几年父亲频繁进京，他们一起商讨刊物的许多具体事项。因为他们思想合拍，爱好一致，在同心协力的工作中建立了深厚的友谊。她曾屡次告诉我，父亲经常在工作中为她出很好的主意，比如有一次请编委聚会，父亲也一同张罗。她感叹地对我说，那时工作虽然忙碌，但心情愉快。这些往事，一直存在她的心里，也因此怀念她的故友——我的父亲。

她的家乡在江苏溧阳。她早就外出革命，但对家乡的爱却时时牵动着她的心。她曾指着房间里的床、摇椅，还有其他大大小小的家具，告诉我说都是老乡为她打造的，并从家乡搬运过来。我听了诧异极了，因为那些家具都是实实在在的木料制作，十分结实沉重，不要说运输，就是搬上她的小楼也不易，可见老乡对她情深意切。她曾特意送我一本画册，是她的一位家乡女画家画的乡土风物，她配的文字。这本画册，她手中存得不多，但她执意找出送我。读着她深情的文字，点点滴滴洒落在她美丽的家乡，她的温柔又一次渗透我的心。她的乡情似乎也得到回报，家乡为她建立了一座小小的纪念馆，她几次要我一同去看看，可惜一直找不到合适的机会，拖延下来，终究成为我的憾事。

唉，不见菡子已经多年。我有时走过她在泰安路的居所，明知她已不在，但仍旧忍不住朝那所楼房张望。窗户里面什么也望不见，昔日的气息荡然无存。有时候，我会禁不住想念她那些十分珍爱的书，还有被她归纳得整整齐齐的资料袋，都是她的心血啊。她没有后代，不知这些书和资料是否有个妥帖的去处。我心里为她可惜，可又能怎样！

最后一次与蓹子阿姨对谈就在这所楼房的跟前,记得她从传达室借来两把椅子,我们就从下午一直坐到夕阳西下。那天的阳光很明亮,让我清清楚楚看到她衣服胸前的汤水污渍,我立即感到很难过。因为我意识到蓹子阿姨正在老去,再也找不回当年飒爽的女兵英姿。但她的腰板仍然挺直,她的身形仍然高大,她嘴角的温柔笑容舒展开了她脸上不可抵挡的皱纹。

人生就是这样:一代代老去,离去,远离这个世界。再多的温柔,慈爱,关切……想要抓回,即便两手张开,使出浑身解数,也无能为力。前不久,我看到野外一棵大树,硕大无比的树,它的树干矮矮墩墩,几个人都怀抱不住;枝叶茂密覆盖,四围低低垂下。树下一张小小椅子,树外阳光明媚,光线从天际辐射下来,形成一道道光影,非常美丽。这阳光,令我情不自禁忆起与蓹子阿姨的最后一次对谈。

我多么希望,多么希望,这株大树是蓹子阿姨,也是我远去的亲人。我多么想坐在这张椅上,感受我的亲人,聆听他(她)们的慈爱与庇护。我多么想让这些茂密的枝叶环绕四周,宛如自己坐在亲人中间。

……

人生永远需要自己奋斗。而故人的精神风貌,是我心中的珍藏,也是我今生永远的引领。

二○一二年五月三十日
(原载《中华读书报》二○一二年七月四日)

"通家之好"

我的父亲靳以在他五十岁那年（一九五九年）病逝，留下十五岁的我，拖着大病遗留的瘫痪的双腿和肌肉萎缩的两手两臂，继续在这个世界里。

我很不幸，但我又是幸运的。因为，此后长长的岁月中，父亲的许多朋友都给予我父辈的关怀，其中，辛笛叔就是很亲近的一位。

在辛笛叔怀念父亲的文章中，多次提到"通家之好"这四个字。他总说，我们两家是通家之好，就是指我们两家形如一家，情谊深厚。

的确如此。

回望辛笛叔与父亲的少年时代，他们就读的是天津的同一所南开中学。虽然辛笛叔比父亲低几班，但他与我的二叔同班，亦是好友。当年南开中学的国文老师张弓，是父亲的文学启迪者，父亲曾在自传中深情地提到他。然而，后来我从圣思写的她父亲的传记中看到，启迪辛笛叔文学爱

一九四六年夏,复旦大学教师宿舍徐汇村萧乾家门前。前排中立者王辛笛,右萧乾,后排右一靳以,右二萧乾夫人,右三徐文绮(王辛笛夫人)

好的也是这位国文老师张弓。书中,还借当年学生的文字,惟妙惟肖勾勒出张弓老师的神态。这样的巧合令我欣喜。想当年我们的父辈同学少年,活跃在南开中学的校园里,怀揣着对文学的美好憧憬……我想,这也是为什么他们之间的友谊能够从此延续一生的道理。

再说,辛笛叔与文绮阿姨的婚姻,也是我二叔牵的红线。当年辛笛叔在清华念书,二叔进入南开大学,文绮阿姨是二叔南开大学的同学,于是热心的二叔就为他的中学大学同窗牵成了这条红线。

三十年代初,父亲在北平三座门办《文学季刊》和《水星》月刊,辛笛叔也是那里的常客,他的早年诗作曾在《水星》上发表。那天在辛笛叔家里,文绮阿姨已经坐在轮椅上,但谈到父亲,谈到北平的"三座门",谈到当年的往事,文绮阿姨脸上光彩焕发。她对我说:"我们那时可敬佩你爸爸了。"那是大学生的敬佩,那是他们对自己青年时代的怀恋,也是对朋友的真情流露。他们跟着我二叔称我父亲为"大哥",非常亲热地称呼了一生。

这就是父辈这一代弥足珍贵的友情。

对于我来说,令我最难以忘怀的,就是辛笛叔对我写作的关注。

我一直在出版社忙于英文编辑工作,无暇接受任何来自其他方面的有关回忆父亲的约稿。

但是,九十年代,为某桩越说越离奇的文坛旧事,因为其中直接关系到我的父亲,我不能不拿起笔来以正视听。

花费了许多精力,查找了许多资料,文章终于写毕,并终于能在《香港文学》发表。我最先接到的鼓励电话就是来自辛笛叔的。他了解整件事情的来龙去脉,也是当事者的见证人。他在电话里大声对我说:"我们支持你!文章写得太好!"文绮阿姨也抢过话筒,对我说支持的话,还说他们全家都支持我,都把我的文章读了。

他们仗义直率的话音犹然在耳,至今令我感到温暖。

此后,只要我有文章发表,辛笛叔都会第一时间来电鼓励。甚至,有时我还不知文章发表,辛笛叔的电话已经来了。因为他有许多报纸杂志,信息比我快。

那些电话,成了我生活的一部分。那些铃声,催促鼓励我写出一篇篇对于前辈故人的回忆,留作一点点亲历者的资料,补上文坛旧事的一点点空缺。

有时,为了某些事去辛笛叔那里查询,他总是娓娓讲述,还会绕出更多的话题。

比如,我父亲年轻时失恋是朋友圈里熟知的。父亲早年的一些小说散文,都有失恋的影子。对方是父亲在复旦大学的同班同学。但前几年,不知怎么搞的,忽然冒出个叫

"王右家"的人,说父亲与她青梅竹马,后追求她而失恋。文中又述谈三角恋爱、四角恋爱的,还匪夷所思地说父亲是一名南开大学毕业的天津女中教师。一切的一切,都完全违背事实。但是报刊登出大片文章讲故事,占据很大版面,影响颇大。母亲对于如此不负责任的文章感到困惑,与辛笛叔谈及此事,辛笛叔也觉莫名其妙,他不仅以亲见者身份断然驳斥文中所述,还让身旁的文绮阿姨对我讲述她在南开大学求学期间见过的这位被炒得沸沸扬扬的王右家,以及当年王右家与罗隆基同出同进的亲密情景。父亲与王右家素不认识,故事编得实在太离奇了。

父亲离世早矣,但有辛笛叔那么真诚的朋友为他真话真言,深感宽慰。

手边,有许多本辛笛叔赠送的诗集。

老实说,很久以来,我在心里都没有把诗人的头衔和辛笛叔联系起来,也没有早些读他的诗。虽然,父亲在世时,我很早就看到书架上的那本《手掌集》,很老旧的一本,只因书名与封面上的画如此相配给我留下印象。青少年时代的我,只知道沉醉在中外名著小说中,而不知身边,就有一位那么有名的九叶派大诗人。在我心里,辛笛叔就是一位慈祥的长者,一位看着我长大关心我的父辈,一位儿时与我们一同嬉笑玩耍的大孩子。但是随着我的成长,辛笛叔已经不再把我看作孩子,而是以成年人的尊重于我,这从他给我的赠书题字上愈发显示。开头是写我的小名,后来是我的大名,再后来仔细问清我丈夫的名字又一同写上贤伉俪字样,最后的几本居然在我的名字后面写了"女史"二字。我实在惭愧。看着这些认真的题字以及图章钤印,我读出辛笛叔的人格魅力。

十年前,二〇〇二年的秋,辛笛叔年届九十,上海图书馆为他举办"诗人王辛笛创作生涯展览"。那天我到会很早,在展厅的一幅幅照片前流连。回忆不由自主拥塞心头。自七岁那年,在沪江大学校园第一次见到他,直到此刻。往事历历重现,亲人的脸庞在眼前交替。那天,等到人流略散,我上前去与辛笛叔一起留影。我见辛笛叔喜气洋洋的,一点也不显老。他有诗心充溢心中,永远年轻。

今天,在这里纪念辛笛叔百年诞辰,我并不觉得他已离去,我甚至想,应该买个大蛋糕,送来祝贺,就像以前一样,我们围绕着他,听他的笑语不断。

但是,他毕竟留下我们离去,在八年前那个冬天的雨日。我常读他的那首诗《一个人的墓志铭》,为了听见他的声音。此刻,我愿意在这里再读一读,听听他的声音:

> 我甚么也不带走,/我甚么也不希罕;/拿去,/哪怕是人间的珠宝!/留下我全部的爱,/我只满怀着希望/去睡!/请忘记我吧,/记忆在你已是沉重的负担!/寂寞的时候,/且到园中走一遭,看一看/——在盛开的玫瑰那里/也许正栖迟着一只经冬的蝴蝶。

我想告诉辛笛叔,记忆是美好的,美好的人和事,永远不会忘记。

二〇一二年十月八日

(原载香港《大公报·大公园》二〇一二年十二月十八日)

匆　匆

时光匆匆更迭。在生命的最后几年,仍坚持每天写五百字的白羽叔,虽然他离世已逾八年,我对他的怀念依旧深切。

是因为每次他一到上海,就一定匆匆赶来看望我们;还是因为他在电话里唤我的声音,总是让我恍惚父亲的声音。还有他的文章,每天五百字的积聚,在他的笔下流淌。那是我从少年时代就万般喜爱的;而后,又有了那么多对父亲深情的回忆。

上个世纪九十年代的那个秋,难得上海迎来如此天高云淡,秋高气爽的好秋!就在这样一个美丽秋日的清晨,电话铃响了,耳机里传来唤我小名的声音,那神似我父亲温和的北方口音,令我的心猛然一颤。接下来听到:"我是白羽叔叔,昨天刚到上海,一会儿要来看你们。"

在我们家陈旧的客厅,在父亲的大幅照片下,白羽叔深情拉着我的手,与我娓娓而谈。谈父亲,这是他永远谈不尽的话题，也是储在他心头永远抹不去的友谊。就因为这，当他一踏上上海的土地，就反复念叨父亲，反复念叨要来看望我们。这是陪同他的中国作协吴殿熙先生对我说的。

左起：陶肃琼、刘白羽、章洁思
（一九九七年，上海，靳以家，背后是靳以肖像）

一旁等候的警卫员在他耳边一遍又一遍轻轻提醒，中午还有市委领导请他吃饭。壁上挂钟的指针早已过了十一点，可他仍然坐着不想起身。

他是个深情的人，不然他怎会写出如此深情的散文！他说父亲："他的友情犹如春天的风，夏天的雨滋润着我的心田，融合着我的情谊。"他自己又何尝不是如此！他忘不了一九三七年元旦与父亲的相聚，以及父亲又怎样介绍他与巴金认识。忘不了父亲把他的短篇小说"草原上"选入《一九三六年短篇佳作选》，还为他留好崭新的样书。更忘不了一九四六年秋冬，他从延安赶到上海，参加《新华日报》在沪出版的筹备工作。当时，他作为一名公开的共产党人，父亲不仅坦然约他去家，还专程跑到公共汽车站，无视那些躲在阴暗角落的监视,在众目睽睽之下迎接他。他告诉我说,当父亲见到他时,高兴地大声唤着:"白羽,白羽!"那亲热的呼喊,至今回旋他的耳边,这真诚的友谊,令他永久难忘!

这些往事,他都一一写进他的文章。一年又一年,我读他先后写出的散文《红烛》《我对上海的爱》……我读他那部厚厚的回忆录《心灵的历程》,都反复读到这样深情的叙述:

> 一九三七年一月,我在北平就已相识的靳以写信邀我到上海一行。我住在北四川路德邻公寓,靳以当天就来了,他急急忙忙的,跑得脸上红扑扑的,拉上我就走,到北四川路一家广东饭馆。巴金已在那里等我们。他们是大作家,但对我这二十岁刚出头的年轻人却视如兄弟,从此建立了我们三人之间牢固的友谊。

他就这样,拉着我的手,把这些印刻在心上的往事,一一对我叙说。难怪时针转得飞快,他都不愿离去。

此后,他每次来沪,必来我家。有一回,也是个灿烂的秋日,他把陪同前来的当时上海作协领导,作家叶辛先生介绍给我。他说,叶辛先生在上海,有什么事可去找他,代替他为我解难。当然,我从没有去找过叶辛先生,我早已习惯没有父亲的独自拼搏;但,白羽叔的细致,以及他真切的关爱,令我感到父辈的温暖。

匆匆的时光倒流到五十年代中期。由于语文课本的选篇,我读到了白羽叔充满阳光的抒情散文。呵,我们这一群少年玩伴,曾怎样热衷于寻找他的书,朗诵他美丽的词句……(犹如今天的追星族)直到有一天,父亲陪伴他站到我的面前,对我说:"这就是你崇拜的白羽叔叔。"我抬头仰望,白羽叔那么高大,那么英武,白皙的脸庞又是一脸的书生气,与他的文章如此般配,与我想象的完全一样。

那时我已大病休学在家,他特意让父亲陪他到家来看我,其中或有他自己的隐痛。从父母的交谈中,我获悉他的儿子患有严重的心脏病,稍稍过激的活动就能酿成大祸,所以一直在家不能上学。听父亲说,那孩子长得高高大大,一表人才,但后来还是早早离世。

其实,人世的匆匆我早有领略。健康,对于我来说,就是匆匆。因为只有短短十二年的时日,就再也不能独自行走。父爱,对于我来说也是匆匆。因为它只陪伴了我十五年,就与我挥手作别。人生,可以说是一条长河,但从某个意义来说,也可说是匆匆。匆匆而来,匆匆而去,留下的是每个人不同的足迹。

白羽叔的足迹,留驻在他优美的文章中,留驻在他给我的那许多信件中。

一九九六年一月二十八日,他写道:"收到你来信,收到你爸爸的散文选,我总要翻《红烛》,我一连读了两三遍,内心非常激动,我想起他的为人,对工作的不懈的精神。《红烛》就是他一生的写照呀!你发病那年我看到你一次,我真为你担心。可是,这一次见到你,你坚强的挺拔起来了。你的来信里充满爸爸一样的热情,我真为我早逝的、最亲密的老朋友有这样的继承人而高兴。巴金告诉我:'南南工作得很好!'信中又说道你到杭州出差,我想你也是用高度的热情在燃烧着你的事业吧!……"

二〇〇二年十月二十日,他写道:"我整理照片,有一张是在你家照的。墙上挂着靳以照片。我很怀念他。他的热情,他的微笑,至今跃跃如在目前。"

……

每读到此,那温暖的北方口音,那酷似父亲的声音,又一次撒向我的心田。

尤其是,几乎在每封信中,白羽叔都要提及父亲的散文《红烛》,赞扬《红烛》的精神。他爱《红烛》,对于《红烛》的追求,犹如父亲一样。在他晚年,也以同样命题"红烛",写了一篇深情的散文。

《红烛》在父亲心里,在白羽叔心里,也在我的心里。

此刻,我愿把红烛点亮,为您,白羽叔:

> 红烛仍在燃着,它的光愈来愈大了,它独自忍着那煎熬的苦痛,使自身遇到灭亡的劫数,却把光亮照着人间。我们用幸福的眼互望着,虽然我们不像孩子那样在光亮中自由地跳跃,可是我们的心是那么欢愉。它使我们忘记了寒冷,也忘记了风雨,还忘记了黑夜……
> (靳以:《红烛》)

我抬头仰望天际,仿佛看见您和父亲挨坐在一起,面前是那支燃烧的红烛。你们俩正"用幸福的眼互望着","心",永远欢愉。

二〇一三年五月十六日

(原载《人民日报·大地副刊》二〇一三年七月十七日)

巴金故居中的那张藤椅

上海武康路113号巴金故居，底楼的太阳间靠壁处有两张藤椅，藤椅之间是一张配套的小圆藤桌。二〇一一年十二月一日故居揭幕，那天我正参加巴金研究会的年会，于是跟随所有与会者前往参观。

其实，这里对我来说是再熟悉不过的地方。当年（一九五五年）在搬入这个住所前，我已经跟随萧珊干妈一起来看房。那时正当暑假，我刚刚考入中学，无忧无虑。而后干妈就是购买家具，安排布置，忙得不亦乐乎。那些日子巴老总不在家，他不是在国外访问就是在北京开会，所以干妈包揽了安排新居的一切事务。

一九五五年九月，113号成了巴老的新家，一直住到至今（我以为"故居"仍是家）。我们这群孩子因此得到一处疯玩的天地。尤其是屋前的大草坪，干妈还请人安装了一架秋千。休息日，我们在草坪上尽情地奔跑玩闹，把秋千荡得高高。大人们则在廊子上喝茶聊天，他们充满爱意的目光不时洒在我们身上。干妈把廊子布置得很有情调,或许是受普希金屠格涅夫小说的影响,她选购了舒适的藤椅、小巧的藤桌,茶壶茶杯摆在桌上,十分惬意。

其中的一张藤椅,不久成了我的病椅。

一九五六年十一月,父亲(靳以)出访苏联。父亲刚走,我就病倒。重病令我全身瘫痪,出院时,已经再也站不起来。

洁思坐在藤椅中,茂名公寓父亲靳以的书房内

出院以后,回到家里,坐在椅子上东倒西歪,大家都看着我发愁。这时,干妈突然想到自家廊子上的藤椅,她立即搬来。藤椅有靠背有扶手,可以稳稳地把我框在中间。藤椅的四只脚由四根粗藤相连,几乎是平贴在地上,这样,就可以倒过来拖着,把我连人带椅拖来拖去。

这张藤椅,成了我的轮椅,也成了终日陪伴我的病椅。

在这张藤椅上,我度过了生病之初最艰难的日子。

看那时候留下的照片:我右手抓着藤椅的扶手挺直坐着,背后是父亲的大书架。想当年那些书架里的书真是帮了我的大忙,我日日夜夜读书,读苏联英雄主义的小说《钢铁是怎样炼成的》《真正的人》;读俄罗斯文学名著,从屠格涅夫读到普希金、契诃夫,还有老托尔斯泰,小托尔斯泰。还读法国作家巴尔扎克的作品。一本本地读,无穷尽地读,从中汲取与病魔抗争的力量。

照片上的我穿着蓝色小白点的连衣裙,胸口处是白色的皱褶。这条连衣裙是干妈设计的,她刚刚翻译出版了《别尔金小说集》,她是按照其中的短篇小说《乡下姑娘》中的插图来设计的。她曾经在临睡前为我们讲述这个故事,总是在关键时突然停顿,留给我们无尽的猜想。

多少年过去了。那闯入眼帘的两张藤椅,也已经随着岁月而破旧磨损,但它们站在那里,勾起我多少昔日的回忆。

这些回忆深深印在心中,是永远不会磨损的。

二〇一三年十一月十日

(原载《今晚报》二〇一四年一月十一日)

瞬　间

人生的某个瞬间,会刻骨铭心镌刻在记忆的心版上,至死不能忘怀。

一九五六年十一月六日下午,我去华东医院看望父亲靳以。他因心脏病发入院几天,似乎已经完全恢复。他对我说,翌日就要出院。他搂着我的肩膀,抚着我的发辫,沿着医院长长的走廊,把我送到电梯门口。一路上他不断与熟人招呼,快活之情溢于言表。

电梯升上来了,我跨进门,回过身,电梯门正在关闭。在那一瞬间,我望见父亲充满笑意快活的脸。几个小时之后,七日的零点父亲再次发病,至零点十六分撒手人寰。那最后的瞬间,那充满笑意快活的脸,永久定格在我记忆的心版上,至死不能忘怀。

一九七二年春,在武康路113号的门廊,母亲与她一生的好友萧珊抱头痛哭的场景,也是这样的瞬间。

那时,萧珊干妈已经病重,母亲得知消息,立即拉上我前去。轻轻敲开大门,踏进门廊,母亲一声"陈蕴珍!"话音未落,萧珊干妈已经飞也似从里屋奔了出来。她一边叫着母亲的名字"陶肃琼!"(一如她们从中学起就这么互相称呼惯的),一边扑进母亲的双臂。两人互相抱头搂住,就这么直直地站在门廊中间,撕心裂肺号啕大哭。她们站在那里,不知道哭了多久,眼泪汹涌奔泻。仿佛要把这一生一世的眼泪都在此刻流尽,仿佛要把郁积长久的苦难委屈都在此刻发泄殆尽。

左起:巴金、萧珊、章洁思、陶肃琼、靳以
(一九五六年春,在武康路113号巴金家的草坪上)

她们在想什么?

那一瞬间,她们眼前飞过的是什么场景?是十七八岁,在爱国女中的教室里第一次相遇;是手拉着手儿,在霞飞路上快乐地奔跑,一直跑到霞飞坊索非的家里,与她们的大朋友巴金见面;是两人以学生会的名义,邀请后者,还有李健吾先生,到她们所在的学校为大家作报告;是在长乐路上我母亲的家里,外公把萧珊逗得笑声不断,甚至笑翻到地上;还是萧珊几乎跑过大半个上海,为的是给母亲介绍父亲相识;是他们四人(巴金、父亲、萧珊、母亲)一同结伴,乘坐太古号轮,离开孤岛上海,奔赴内地;还是她们在重庆北碚三六九赶场,一路旁若无人用上海话大声说笑,再坐到路边摊津津有味吃醪糟蛋⋯⋯

我望着病得落了形的萧珊干妈,与母亲相拥大哭。夜晚的落寞与寂寥弥漫四周,空气如重重的乌云压在我的心上。那个瞬间,它刻骨铭心镌刻在我记忆的心版上,至死不能忘怀。

人的一生会有多少个这样的瞬间?记忆在流血。

二〇一三年五月七日

(原载香港《大公报·大公园》二〇一三年六月二十六日,又载《今晚报》二〇一三年八月六日)

铃声与画廊

"铃声与画廊"是多年前读了陈之藩先生的散文集《剑河倒影》而深深印入脑海的。那时候我刚退休,经常泡在离家不远的上海图书馆中。每次按规定借四本书回家,一般来说总是尽快阅读,因为不能误了归还时日。那个时期真是读了不少好书。

陈子善先生编选的这套"海外学者散文书系"就是那时与我相遇的,其中能找到的书(系)都一一读去,而《剑河倒影》是我最喜爱的。第一次读到这样的文字,第一次知道陈之藩的名字,第一次感到天地在眼前忽然辽阔,那是怎样一种喜悦啊。一遍遍地读,反复地念,已经不是文字的共鸣,而是思想的启迪,人生的思考,以及更深刻的延伸。掩卷默想,不能自已。到末了,只能挪动脚步,跑到与借书室一墙之隔的书店,郑重其事把此书买回。自此,这本书一直放在我的床头,中间已经前前后后夹了许多大大小小的纸条。我想,爱不释手,就是这样吧。

"铃声与画廊",是该书《寂寞的画廊》中的一段话,原话是这样的:"一位哲人说的好,人类的声音是死板的铃声,而人间的面孔是画廊的肖像。每一个人,无例外的,在铃声中飘来,又在画廊中飘去。"

作者是在讲述自己在美国南方一个校园邂逅的一位老太太。老太太有一所美丽的房子,在绿丛中用石头垒起的小楼,"像一白色的船在绿海蓝天之间缓缓前行。"

老太太为作者安排的小屋"很像一个花坞",墙纸是浅浅的花朵,窗外是油绿的树叶。白天,有阳光经叶隙穿入,是金色的。夜晚,有阳光经叶隙泻入,是银色的。"使人感觉如在林下小憩,时而闻到扑鼻的花香。至于那白色的窗纱,被风吹拂时,更像穿林的薄雾了。"

于是作者写道:"我爱这个小屋。"

但这是一个寂寞的小屋。老太太已经年过七旬,偌大的房屋只听得见她与作者两人的脚步。丈夫已经告别人世,儿女已经各自东西,面对作者,她每天都要叙述一遍自己的一家三代,每天都在盼望亲人的来信。纵有过甜美的青春,成功的殊荣,温暖的家园,却已是瞬时的烛光,"摇曳在子夜的西风中"。

读到此处,我似乎已经听到画廊的铃声,应和着铃声,看到老太太年轻时代姣好的面庞,从画廊中飘来,逐渐两鬓染银……铃声是那么死板,那么不可抗拒。

这是每个人的人生轨迹。生与死的话题是如此飘渺,如此难解,却又如此现实。陈之藩先生在写书之际,已经领略了其中的内涵,所以他用优美的文字让读者分享他对人生的感受、哲理,应尽的责任,同时体会人生的美好。

这几年,随着年岁的增长,也看见自己的面影随着铃声在画廊中若隐若现。亲友道别愈发频繁,原先是上一辈,现在已经延伸到同辈。同学聚会,总会失去一两张面影,他们飘去何方?那么多的回忆伤感拥塞心间。有时候,我会仰望天空,星星在眼前闪烁,我一颗颗去辨认,想找出我的亲人,他们是在天上望着我吗?我在心中默念:他们在天上聚会,那里有另一个世界。其实,究竟如何,终究是个永恒的谜。

翻到书中那一辑"蔚蓝的天",虽然写的是译诗,但文思多美啊,从没有见过那样的写法!看看题目,看看他所译的诗作者,就令我这个以英国语言文学为专业的人叹为观止。随便录下几个:"春天的雪花(济慈)","一朵花里的世界(布莱克)","迷失了的灵魂(雪莱)"……而在写柯勒律治一文的最后,出现这样几句话:"柯勒律治死于一八三四年,他的诗像暮春的缤纷落英,细碎的声音划破了人间的寂寞,残红的颜色点染了世上的荒原。"

或许,这才是人生的真谛。

原来,寂寞的画廊和死板的铃声是可以被划破的,人类的声音是可以存留的。正如陈之藩先生已经离世,他的书还放在我的枕旁,他的文字还在给我启迪。亦正如我的一些亲人,他们虽然早于我离世,但他们的音容笑貌仍常常出现在我梦中,令我感觉温暖。他们细碎的声音构成细碎的回忆,从生活的每一角落轻悄悄呼唤我,好像还在我的身边。

从画廊中飘走的面影若能如此存活,无论惊天动地,还是细微点滴,都是幸福之事。我想,每个活着的人都有这样点滴的感受。无论贫穷,还是富有,这些感受都是他们心中永远的珍宝。

父母的面影正在墙上的镜框里向我微笑,新增的哥的面影也仿佛在平和地对我叙述着什么:是否那年冬天,我们找出家中存了多年的白兰地(还是父亲在世时留下的),硬着头皮喝下去。我记得,顿时,我的额头被酒烧得发烫,哥的眼也开始发红,因为这是我们头一次喝酒。但我们还是死坐在那里,守岁,等待新的一年的来到。哥严肃地对我谈了许多关于人生观、世界观之类的话语,那是个信仰的时代。那时我是高中生,他在北京念清华。

也是冬天,我们一同去墓地看望父亲。黑鸦鸦的天空布满乌云,仿佛低得挨到头顶。空旷的墓园里只有我俩。我在父亲身边踯躅,发现新增一片荒塚,于是绕了进去。走着走着,忽然感到,自己怎么也绕不出去。寂静、空旷、乌云、低空,从四面八方向我包围过来,我一下子惊慌起来,大声唤哥,没有回音。哥这时已经跑进墓园深处去看望外公。唤了许久,终于见他在远处露出脸庞,我心顿时安定。他奔到我面前,牵着我的手走出荒塚,这时雪花已经飞落,纷纷扬扬从头顶灌满我俩全身。

这一幕,不知为什么存在脑海怎么也忘不了。

还有那张照片,在复兴西路34号家门前。孙浩然叔叔全家来串门,带了相机来照相。他说要给我们三个留张影,哥已经站过来了,忽然想起刚配了眼镜,为了显示自己的大人模样,立即回身跑上四楼,戴上眼镜复又站到我的身旁,我们都为他的举动笑了。我俩紧挨着父亲,舒心随意,笑容灿烂。正是那些日子,我们每个星期天早晨都有快乐时光,

我们兄妹与父亲在复兴西路 34 号家门口（一九五五年冬）

那就是与父亲一同坐到街口早餐车的长板凳上，与从事不同工作的劳动者挤在一起，享受大饼油条豆浆。此后哥每次回国都要到熙熙攘攘的菜市场找寻烧饼油条，恐怕也是因为那时的记忆吧。

如今爸妈已经离去，哥也再不能庇护我，他们的面孔已经随着死板的铃声从画廊中飘去；但他们的音容笑貌像春天的歌，像秋天的叶，划破了人间的寂寞，以绚丽的色彩点染着我的心。

我听着铃声，看着画廊，不再忧伤。我的心倏忽感到充实，因为许多令我怀念的人并没有从画廊中飘去，他们的生命划破死板与寂寞，从四面八方包围住我的心。

二〇一五年七月七日

（原载香港《大公报》二〇一五年八月十一日）

寄意父母

今年的清明节前一直雨水不断,而且不是纷纷的雨,而是阵雨、大雨、雷雨。三月二十二日我就病了,没想到一病两周。临近清明了,我倒不怕这忽冷忽热的天气,怕的是雨。我最怕雨浇湿我的病腿,也怕还未痊愈的病体遭到雨淋。但是,爸爸妈妈,我多么想念你们,每年清明我都会来看望你们,今年又怎能例外。

尤其是爸爸。爸爸离开我们已经五十五年有余,长长的岁月,却更添我心中无限的思念。墓地是旧居,但换了地方。"文革"中毁墓的噩梦已经过去,现在,爸爸又一次入土,与三年前离世的母亲重逢,我一直在遥想,会是什么情景呢!

四日夜间雨淅淅沥沥下了一夜,早晨听六点钟的新闻,听到发布四点钟以后六小时内的雷电雨警报。我算了算,祈望上午十点以后能够雨止。

十点,雨已是断断续续的小雨,渐弱渐止,天空仍是阴沉的。我们一行三人直奔十号线的图书馆站,三站到达宋园。穿过马路从后门穿入,一头钻进林木隐蔽的小路。两边的叶片洒落下晶莹的雨水,摩挲着我的额、我的脸。小路尽头,豁然开朗,宽阔的草地,飘洒的花瓣,灰蓝的天空——已经能望见爸妈了。

我捧着前日买好的爸爸最爱的玫瑰,先看见张乐平伯伯的儿子张慰军,他就站在不远处张伯伯的墓旁。我朝他挥手打招呼,他跑过来唤了我一声"阿姐"。他对我总是很亲热,令我想起他父亲的笑脸。那次,四人帮粉碎不久,在人民美术出版社办公室的楼道,张伯伯笑眯眯地向我问长问短,知道我现在落实编辑工作,不必再拖着病腿站讲台了,他高兴地一遍又一遍说:"真好,真好!我回去要告诉他们妈妈,她也会高兴的,她一直为你担着心。"

这种发自肺腑的话语是我一辈子难以忘怀的。

现在,我站在爸妈的墓前,墓盖上爸爸的雕像和文字被雨水冲刷得非常干净,栽种在后面那一排矮矮的红毛榉树红得耀眼,居然花开得如此盛。四面八方红色、白色、粉色、嫩黄……花朵簇拥,满地绿草花瓣,到处水漉漉的,空气清新极了。

墓园里有一群人在瞻仰。他们来到父亲的碑前,轻轻读着他的名字,我还听到一个声音说:"才五十岁,太可惜了。"还有一位年轻的老师,带着一群小学生在仔细观看。小学生围在父亲面前,老师轻轻对他们说:"等你们长大了,就会读到这位作家的文章、作品。"我很感动,不由想到爸爸从赴朝慰问团归来,在青岛汇报讲演时那个戴红领巾的小姑娘给爸爸献花的那张照片,爸爸俯着身子,满面笑容。爸爸,这会儿你听到他们说的话吗?

天空依旧阴沉,但再也没落下一滴雨。爸爸妈妈是在等待我吧,等待我去看望……

离开前我绕到张乐平伯伯的墓前,张伯伯搂着小三毛站在那里,脸上仍是充满笑意,与我记忆中一模一样。

回到家从网上看到今年的四月五日也是西方的复活节,不由一愣,不由浮想联翩。是啊,清明+复活,该多好!

这是二〇一五年四月五日:清明+复活。

青岛,红领巾女孩给靳以献花(一九五二年冬)

(原载《文汇读书周报》二〇一五年四月二十日)